岸本和葉
ゲーム知識で最強に成ったモブ兵士は、
真の実力を隠したい

カグヤ
特級 勇者
「……やっと見つけたわ、シルヴァ」

シルヴァ

contents

GAME chishiki de
SAIKYOU ni natta mobuheishi ha,
SHIN NO JITSURYOKU
wo kakushitai

ゲーム知識で最強に成った
モブ兵士は、
真の実力を隠したい

岸本和葉
ill.星らすく

プロローグ◆モブ兵士、推しに出会う

――どうしてこうなった……。

強大な力を持つ魔族の首を刎《は》ねながら、俺は内心でボヤいた。

背後には、本来この魔族を倒すはずだった〝勇者《主人公》〟アレンがいる。

彼は呆気に取られた様子で、ただ俺《モブ》を眺めていた。

◇◆◇◆◇◆

ブレイブ・オブ・アスタリスク――通称ブレアスと呼ばれるファンタジーRPGである。

豊富な育成要素に、個性的なキャラたちと絆を深めていくコミュニティ要素、そこに膨大な世界観と物語が組み合わさり、多大な人気を獲得したのが、ブレアスというゲームだった。

俺はブレアスの大ファンだった。もう数えきれないほど周回したし、アニメ化されたときはブルーレイまで買ったし、フィギュアやグッズを買って部屋に飾ったりもした。

大学を卒業して、クソみたいなブラック企業に就職してからはまったく触れてなかったけど、ブレアスへの愛はちっとも変わっていなかった。

　不景気真っ只中で転職する勇気もなく、毎日与えられる膨大な仕事を淡々とこなしているうちに、俺は呆気なく過労死した。我ながら、もっと上手くやれたのではないかと考えてしまうが、今更何を言っても仕方がない。

　今大事なのは、俺がブレイブ・オブ・アスタリスクの世界にいるということ。

――――まさか、ゲームの世界に入っちまうなんてな……。

　青空を見上げ、俺はボーっと考える。少し気温が下がってきたのか、肌に当たる風が冷たい。そんな感覚が、この世界が現実だと証明している。

　ここがブレアスの世界と気づいたときは、ずいぶん興奮したものだ。なんたって大好きなゲームの世界に転生できたのだから。前世で嫌な死に方をした俺への褒美だと思うのも仕方ないだろう。

　ブレアスの主人公である〝アレン〟という男は、〝勇者〟を目指す学園で仲間と絆を深め、ときに恋人をつくったりしながら、敵対する魔族たちと壮絶な戦いを繰り広げていく。ルートによっては、ハーレムを作り上げることだって可能だ。

　周回プレイで培った知識で、夢のハーレムを作りながら無双してやる――――。

　そう、意気込んでいたのだが……。

「おい、シルヴァ、交代の時間だぞ」

「あ……うっす」

先輩兵士に声をかけられ、俺は持ち場である城門の警備につく。

ここは夢にまで見たブレイブ・オブ・アスタリスクの中。

しかし、俺の立場は、決して〝主人公《アレン》〟などではなかった。

俺の名前はシルヴァ。しがない門兵である。

◇◆◇◆◇◆

ここはゼレンシア王国。国の中枢であるゼレンシア王都は、外敵からの侵入を防ぐために巨大な城壁に囲まれている。

東西南北に門があり、俺はその東門の警備を担当している下っ端兵士。

やることは簡単。王都に怪しい人間を入れないようにすることと、罪人を外に出さないようにすること。

それ以上のことはしない。

何故なら、この世界にはちゃんと〝アレン〟がいて、ブレアスの本編通りの物語が展開されるのだから。この世界に平和をもたらすのは、アレンとその仲間たち。しがない門兵に出る幕はない。

俺は原作至上主義なのだ。原作を改変するものは、たとえ俺自身であっても許さない。

というわけで、俺は毎日暇だった。

門に立って、訪れる人々の通行許可証を確認するだけ。

アレンになれなかったのは残念だが、これはこれで悪くない。地味な仕事だが、前世の多忙さと比べればまさに天国だ。ボーっとしてるだけでお賃金がもらえるなんて、えらく素晴らしい職業である。

故に、これから俺が身を投じる状況は、決して本意ではないと先に言っておく。

◇◆◇◆◇◆

「魔族がいたぞ！」

誰かの叫びが聞こえた。

俺のいる部隊は、すぐさま声のほうへと走り出す。

――ひどいありさまだ。

所々で火の手が上がる街を横目に、俺は駆けた。

現在起きているのは、ブレアスの本編が始まるひと月前の出来事《イベント》、通称〝楔の日〟。本来群れないはずの魔族が結託し、ゼレンシア王国を襲うという、今を生きる国民からすれば恐怖しかないイベントだ。

実際このイベントは大した被害もなく、勇者たちによって収束する。しかし、魔族の真の目的は、弱い魔族の侵略で勇者たちの気を逸らし、より強い魔族をゼレンシア王都の中に潜伏させること。これ以降、国内で魔族による被害が多発するようになる。

「あそこだ！　あそこに魔族がいるぞ！」

部隊の先頭を走っていた兵士が叫ぶ。

巨大な蜘蛛の頭から、人間の上半身が生えたバケモノが、そこにいた。

魔族とは、魔物が人間に近い形に進化した存在である。

この蜘蛛の魔族は、半分ほど魔物の肉体を残している。この状態の魔族は、レベル1と呼ばれ、大して強くない。

ただ、一般の兵士が勝てるほど、弱い存在でもない。

「勇者が来るまで足止めする！　行くぞ！」

抜剣した俺たちは、魔族を取り囲む。

兵士である俺たちの役割は、勇者たちのサポート。魔族と戦うのは、勇者の資格を持つ実力者たちの仕事であり、俺たちは彼らが来るまでの時間稼ぎを担当する。

「シャァァアアア！」

凶暴な叫びを上げながら、魔族は蜘蛛の胴体から大量の糸を吐く。

周りの兵士が絡めとられていく中、回避に成功した俺は、魔族に向かって走った。

——時間稼ぎ、時間稼ぎっと……。

魔族の攻撃をかわしながら、俺は適度に戦っているふりをする。

こいつの首を刎ねるのは簡単だが、魔族を討伐したとなると、大勢の注目を浴びてしまう。それは俺の望むことではない。

「よっと……」

魔族の攻撃を弾き、俺は距離を取る。

そろそろ勇者が来る頃だろう。俺の役目も終わりだ。

「シィィィ……！」

そう思った矢先、何故か魔族が俺に背を向けて走り出した。

まさか逃げ出すと思っていなかった俺は、一瞬呆気に取られてしまう。

「チッ……逃がすか！」

脚の一本くらい斬り飛ばしておけばよかった。

俺はすぐに魔族を追いかける。このペースなら、すぐに追いつける。

しかし、魔族が進む先に、ひとつの人影が見えた。水色の髪の少女は、怯えた表情を浮かべ、魔族越しに俺を見る。

俺は、あの少女を知っている。

ブレアスにおいて、重要な役割を持つメインキャラ……シャルル＝オーロランド。

――――何故ここにいる？　周りに兵士はいないのか？

様々な疑問が頭の中を駆け巡る。

ただ、分かることはひとつだけ。この場で彼女を助けられるのは、俺しかいないということだ。

「俺のシャルたそに……何してくれとんじゃァァアア！」

気づいたとき、俺はすでに跳んでいた。

「ゼレンシア流剣術……！　〝独楽噛《こまが》み〟！」

俺の剣が、魔族の体を斬り裂く。

ついカッとなってしまった。冷静になった途端、後悔が押し寄せる。

「……あなたは」

「えっと……このことは、どうか内密に」

呆然とした様子のシャルたそ、もといシャルルに対し、俺は口に指を当てて、苦笑いを浮かべた。

こうして俺は、まったく意図していない形で、ブレイブ・オブ・アスタリスクの主要キャラとお近づきになってしまった。

第一章◆モブ兵士、願いが叶う

——やっちまったな……。

楔の日から数日後。いつも通り門兵の仕事についた俺は、頭を抱えて呻《うめ》いていた。

同じ東門担当のヤレンくんが何事かとこちらを見ているが、彼は無口な男が故、話しかけてくる様子はない。

頭を抱えている理由は、もちろん〝シャルたそ〟の前で魔族を倒してしまった件だ。

幸い、あの場にいたのはシャルたそだけで、他に目撃者はいなかった。シャルたそも黙ってくれているようで、今のところ周囲の人間からは何も言われていない。

〝我ながら、後先を考えない行動だったと反省している。

しかし、推しが危険な目に遭っているのに、それを助けないなんて真似はできなかった。推しを守りたいという気持ちと、シナリオを汚したくないという思いがせめぎ合った結果、前者が勝ったというだけの話である。

——まあ、これ以上かかわらないようにすればいいだけの話だろ。

いつまでもくよくよしていられない。俺は顔を上げて、深く呼吸をする。

シャルル＝オーロランドというキャラは、ブレイブ・オブ・アスタリスクの中では序盤に仲間になる重要人物だ。

攻撃、バフ、回復を高水準でこなすことができるため、俺は常にパーティメンバーに入れていた。そう言った性能面の強さもさることながら、ビジュアルの良さも凄まじい。水色のボブカットに、常に眠たそうな目。そしてどことなく幼い印象を受ける顔つきとは反対に、自然と目を惹く大きな双丘――うーん、実に完璧なビジュアルだ。もはや隙がない。

しかも、個別シナリオも最高と来たもんだ。

特別な魔術を操る彼女は、両親からも気味悪がられ、己の存在意義を失っていた。

そのコンプレックスを払拭するため、勇者として活躍し、自分に価値を見出そうとしている。

絆を深めるうちにそんな背景を知った俺は、彼女の健気さに涙した。そして、俺が一生そばにいようと決めた。

「それにしても……」

可愛かったなぁ、本物のシャルたそ。マジで目に入れてもいいくらいのビジュアルだった。これからアレンと仲を深めていくことを考えると、正直嫉妬で脳の血管がぶち切れそうだが、まあ、仕方ない。シナリオ通りに話が進めば、そうなることは避けられないのだ。ブレアスを愛する者として、シナリオを壊すなど言語道断。

俺はあくまで傍観者。彼らの関係に割り込むなんてことは、あってはならな――。

「あ、いた」

「え？」

突然、聞き馴染みのある声がして俺は振り返る。

「シャルたそ……」

「たそ？」

振り返ると、そこには推しがいた。

首を傾げるシャルたそは、今日も変わらず死ぬほど可愛い。

やばい、心臓の高鳴りが止まらない。

「ずっとあなたを探してた」

そう言いながら、シャルたそは俺のほうへ歩み寄ってくる。

「あなたは、私を助けてくれた。だからお礼を言いに来た」

「シャルたそが……俺に礼を⁉」

「私の名前、知ってるの？」

「あ……」

そうだ、シャルたそからしたら、お互いに名前を知らない状況なのだ。

俺に一方的に名前を知られていると分かれば、気持ち悪く思うに決まっている。

――ていうかこれ、結構まずくね？

自分は傍観者なんて言っておきながら、シャルたそに会ってしまった。

しかも、こんな風に会話までしてしまっている。

「ねぇ、どうして私の名前知ってるの？」

「うっ」

俺の顔を覗き込むようにしながら、シャルたそはそう問いかけてきた。

推しが上目遣いしているだけで、どうしてこんなにも可愛く映るのだろう。

なんて、ただ見とれている場合じゃない。

上手く言い訳しないと、一生怪しまれ続けてしまう。

「えっと……社交界の警護を担当した際に、参加者の名簿を拝見しまして……シャルル＝オーロランドさん、ですよね？」

オーロランド家は、ゼレンシア王国では名の知れた貴族だ。

社交界に出席したことがあるという話は、実際に作中で語っていたし、そこまで不自然な話にはなっていないはず。

「……ふーん」

まだ若干疑っている様子のシャルたそだが、一旦は納得してくれたようだ。

「あなたの名前は？」

「……名乗るような者じゃ――――」

「名前は？」

「……シルヴァです」

有無を言わさぬ態度を前にして、俺は屈した。

「シルヴァ……」

「ぐおっ⁉」

推しに名前を呼んでもらえた。前世では決して叶わなかった夢が、まさかこんなに簡単に叶うとは。ああ、転生してよかった。

「どうしたの？」

「……いや、生を実感してたんだ」

「……変な人」

そう言いながら、シャルたそは笑った。

「え、可愛い」

「……」

――口が滑った。

思わず率直な気持ちを口にしてしまった。

すると、シャルたその顔がポッと赤くなる。

「……もしかして、ナンパってやつ？」

「ち、違う！」

慌ててシャルたその言葉を否定する。

俺がシャルたそをナンパするなんて、なんとおこがましいことか。

「なんだ、違うんだ」

わずかに微笑んだシャルたそを見て、俺の心臓はぎゅっと掴まれた。

しかし、浮かれてもいられない。俺とシャルたその接触は、ブレアスの世界によくない影響を及ぼすかもしれない。お近づきになりたいなんて考えてはいけないのだ。

あくまで俺と彼女は他人でいなければ――。

「……こんな何もないところにいても、つまらなくない？」

「私がいるの、迷惑？」

「そんなわけありません！　むしろずっといてください！」

しまった、また本音が。

シャルたその前だと、どうしても気持ちを誤魔化すことができない。

「ならそうする」

シャルたそは、そう言いながら城壁に寄り掛かった。

推しを立ちっぱなしにさせるわけにもいかない。俺は休憩所から椅子を持ってきて、シャルたそに差し出した。

「良かったらこれに座ってください」

「そんなに気を遣わなくていいのに。敬語もいらない」

「シャルたそ相手に、そんな……！」

「……」

「分か……った」

こんなにじっと見つめられて、逆らえるわけないじゃないか。

「シルヴァを見つけるの、結構苦労した」

「まさか、あの日からずっと探してたのか？」

「うん。どうしてもお礼を言いたかったから、何日も探し回った」

推しがそこまでしてくれるなんて……。

いや、こんなことでいちいち喜んでいては、話を進めることができない。俺はブレアスファンではなく、この世界に生きるシルヴァとして対応するため、気を引き締めた。

「シルヴァは門兵さんだったんだ」

「ああ、毎日ここで見張りをするのが、俺の仕事だ」

「ふーん……あんなに強いのに、門兵なんだ」

思わず噴き出しそうになった。

「ちょっと……その話は」

「秘密にしてるんだっけ」

「まあ、な。あんまり出世とか興味なくて」

「やっぱり、変な人」

「色々事情があるんだよ」

俺が所属しているのは、ゼレンシア兵団。

この組織で功績をあげて出世すると、今度はゼレンシア〝聖騎士団〟に所属することになる。

聖騎士団は、勇者に課せられる魔族討伐の任務にサポート役として付き添う立場。つまり、出世すればするほど、必然的に勇者と顔を合わせる機会が増えてしまうのだ。もちろん、俺はそれを望んでいない。

「俺みたいなやつは、のんびり門兵をやってるのがお似合いだよ」

「もったいない……シルヴァなら、勇者にだってなれると思うのに」

「……買いかぶりすぎだよ、それは」

勇者になるのは、シャルたそや、アレンのような、特別な存在だ。

俺のような凡人は、どこまで努力したって彼らを超えられない。

「そうだ、シルヴァにお礼がしたい」

「お礼なんて……俺は兵士として当然のことをしたまでだ」

「それでも、したい。じゃないと私の気が済まない」

そう言いながら、シャルたそは俺に詰め寄ってきた。

――シャルたそのご尊顔がすぐそこに！

再び心臓が早鐘《はやがね》を打ち始める。速すぎてもはや痛いくらいだ。

「シルヴァ、私にしてほしいこと、ない？」

「そ、それは……」

そんなもん、いくらでもある。

あんなことやこんなこと、挙げていったらキリがない。

ただ、強いて言えば……。

「その……じゃあ、一回踏んでもらえる？」

「……は？」

俺の希望を聞いたシャルたそは、訝《いぶか》しそうに眉をひそめた。

◇◆◇◆◇◆

シャルたそが訪ねてきてから、また数日が経過した。

「シルヴァ、遊びに来た」

「あ、シャルたそ」

「……その呼ばれ方、まだちょっと慣れない」

むず痒《がゆ》そうにしながら、シャルたそは俺が用意したいつもの席に腰かける。

あれからシャルたそは、何故か毎日のように俺のもとを訪ねてきていた。

曰く、俺をからかって遊ぶのが楽しいらしい。ファン冥利に尽きるが、本編に影響が出そうで不安な毎日が続いている。ただ、推しにもう来ないでくれなんて言えるはずもなく……。

ちなみに同僚のヤレンくんは、相変わらずこっちのやり取りを無視してくれている。彼と持ち場が被ったときは、気が楽だからありがたい。

「そうだ、学園には慣れた？」

俺はシャルたそに問いかける。

彼女の恰好は、すでにゼレンシア王立勇者学園の制服になっていた。

それはつまり、ブレイブ・オブ・アスタリスクの本編が始まったということを意味する。シャルたその同級生であるアレンも、今頃は勇者になるべく努力を積み重ねていることだろう。

「最初はあんまり馴染めてなかったけど……声をかけてくれた人がいて、ようやくパーティが組めた」

「……そっか」

勇者学園では、常に複数人でパーティを構成して活動する。

戦闘経験を積むための演習などは、基本的にそのパーティで取り組むことになる。

ブレアスではパーティに加入させる順番も大事になってくるため、毎回かなり悩むはめになったことを覚えている。

「アレンっていう、田舎から出てきた人。一年生にしては、結構強いみたい」

「……へぇ」

ちゃんと本編通り、アレンのパーティメンバーになったようだ。

安心すると同時に、煮えたぎるような嫉妬が押し寄せてくる。

ああ、クソ。俺がアレンに転生できていれば、こんな葛藤する必要もないのに。

「……強い人とパーティが組めてよかったじゃないか。夢にまた一歩近づいたな」

シャルたそが勇者を目指す事情については、すでに本人の口から聞いている。

個別ストーリーを進めていかなければ聞けなかったはずのエピソードを、まさかこんなにあっさり聞かせてもらえるなんて思わなかった。

シャルたそが俺に心を開いてくれている証拠なんだろうけど、それを感じるたびに、複雑な気持ちになる。

「うん……でも」

「でも？」

「アレン、ちょっと怖いときがある」

そう言いながら、シャルたそはわずかに顔をしかめた。

怖い――――常にアレン視点でしかゲームをプレイできなかった俺は、その感覚が分からない。

というか、ゲーム内でアレンは選択肢以外でほとんど喋らないため、性格がいまいち掴めていないのだ。

確かに、選択肢によっては「何言ってんだ、こいつ」と思うようなある意味怖い発言もある。

まさか、この世界のアレンは、そう言ったゲテモノプレイをするタイプだったりするのだろうか？

「なんか、私たちに男を近づけないようにしてるっていうか……囲おうとしてるっていうか」

「あー……ギャルゲールートだったか」

「ぎゃるげー？」

「ああ、ごめん。こっちの話だ」

ブレイブ・オブ・アスタリスクは、自由度が高いゲームであり、プレイヤーの選択によって様々なルートに分岐していく。最初から積極的にダンジョンでレベルを上げるもよし、先に仲間との絆を深めて特別なスキルを解放するもよし、なんならソロで話を進めてもよし。

そんな数あるルートの中で、女性キャラばかりと絆を深めるルートを、ギャルゲールートと呼ぶ。俺もそのルートでプレイしたことがあるが、手当たり次第に女性キャラを囲っていく姿は、はたから見れば恐ろしく映るかもしれない。

「他のパーティメンバーは、アレンをすごく信頼してるから、悪い人ではないことは分かってるけど……」

シャルたそはどこか不安そうな顔をしている。

俺の推しを怖がらせるなんて言語道断。今すぐ斬り捨ててやる――――と言いたいところだが、相手が主人公となると、だいぶ厄介だ。

「……シルヴァが学園にいてくれたらよかったのに。そしたら二人でパーティが組めた」

「あまりオタクを喜ばせるもんじゃないよ。昇天しちゃうから」

「オタク……？」

俺は、興奮のあまり溢れ出した鼻血を拭った。

さて……なんと声をかければいいものか。パーティを抜けろと言うのは簡単だが、それはそれで本編とズレが発生するし、シャルたその勇者になるという夢からも遠ざかってしまう。

「……味方が強いっていうのは、シャルたそにとっていいことだろ？」

「うん……」

「だったら、利用するだけしてやればいいさ。嫌なことがあったら、ここに来て愚痴ればいい。

俺がいくらでも話を聴くから」

　ちょっと格好つけすぎただろうか？

　じわじわとせり上がってくる羞恥心に苦しむ俺を見て、シャルたそは気が抜けたような笑顔を見せた。

「分かった。そういうときは、シルヴァに話聞いてもらう」

　可愛いぃぃいぃいいいいいい！　という叫びは心の中に秘めておくとして。

　改めて実感した。ここはゲームの世界で間違いないが、この世界に生きる者たちにとっては、たったひとつしかない現実なのだ。プレイ中は自我がない存在に見えていたアレンも、この世界では自分の性格に基づいて生きているはず。

――ちょっと会ってみたいな、アレンにも。

「シャルル！」

　そんな風に考えていると、突然シャルルの名を呼ぶ声がした。

「……アレン」

「え⁉」

　俺たちのもとに現れたのは、ひとりの少年だった。

　紺色の髪に、整った顔立ち。引き締まった体は細身に見えるが、確かな屈強さも感じられた。

この男は間違いなく、ブレイブ・オブ・アスタリスクの主人公、アレンである。

　プレイヤーからすれば、ある意味自分の分身とも言える存在。

こうして目の前にしてみると、なんだか不思議な気分になる。

「探したよ、シャルル。まさかこんなところにいるなんて」

「……どうしたの？　私に何か用？」

「用って……今日はみんなで装備を買いに行くって約束してただろ？　それなのに先に帰っちゃうからさ」

「あ……そうだった」

シャルたそはおっちょこちょいだなぁ。まあ、そんなところも可愛いけど。

「……そっちの人は？」

そう言いながら、アレンは俺のほうに視線を向けてくる。

「私の……友達？」

「俺なんかがシャルたその友達だなんて……！」

ああ、嬉しすぎて涙が出てきた。

「ふーん……」

そのとき、アレンが一瞬顔をしかめた気がした。

しかしすぐに笑みを浮かべた彼は、俺のほうに手を差し出してくる。

「アレンです。いつもうちのシャルルがお世話になってます」

「ああ、いえ……こちらこそ？」

俺は彼と握手を交わす。心なしか、握る力が強い気がする。

「この子、かなり口下手なんですけど……門兵さんに失礼とかなかったですか?」

そう訊いてきたアレンの笑顔は、よく見るとハリボテのようだった。

内心ムッとしつつも、俺はその感情を隠した。〝口下手〟なんて、こいつはシャルたそのことを何も分かっていない。確かに口数は少ないけれど、決して口下手というわけじゃないのに。

「……シャルたそとは、いつも楽しくお話しさせてもらってるよ」

「シャルたそ……?」

「君はシャルたそのパーティメンバーなんだっけ。ぜひとも二人で協力して、この国を守る立派な勇者になってくれ」

「……言われなくても、そのつもりです」

アレンは笑みを浮かべたまま、俺の手をさらに強く握った。

こいつ、なかなかプライド高いな。俺に余裕があるのが気に入らないらしい。

実際のアレンは、こんな嫌味なやつだったのか。少し残念だ。

「それじゃあ行こう、シャルル。二人も待ってるよ」

「ん……またね、シルヴァ」

仕方ないといった様子で、シャルたそはアレンについて行った。

残された俺は、盛大にため息をつく。

ついカッとなって、アレンの神経を逆撫でするようなことを言ってしまった。

これでは、また本編に影響が出てしまうかもしれない。

ただ、分かったことがある。

どうやら、俺はこの世界の主人公に嫌われてしまったらしい。

「……望むところだよ」

ここは強がって、そう言っておこう。

第二章◆モブ兵士、呼び出される

この世界の主人公であるアレンに敵と見なされてから、数日が経った。

相変わらず、門兵の仕事は暇そのもの。昨日なんて、流れる雲を眺めていたら一日が終わってしまった。

俺が担当している東門は、人の通りが極めて少ない。

西門も同様。理由は単純で、ゼレンシア王国の北と南には友好国があり、人の通りが北門と南門に集中しているためだ。わざわざ回り込んでまで東門を利用する者なんて、ほとんどいない。

故に、ここは毎日暇なのだ。

「最近来ないなー、シャルたそ」

ため息と共に、俺はそんな言葉をつぶやく。

アレンと出会った日以来、シャルたその姿を見ていない。

嫌われた――――わけではないと思う。

ゲームの時系列的に、今は学園で色々イベントが起きているタイミングだ。彼女も今頃、学業に集中しているはずだ。

ちなみに、ゲーム内でシャルたそと絆を深めるには、学園の図書館へ通い詰める必要がある。

初めは読書中だからと塩対応をされてしまうが、仲良くなるに連れ、外で会うこともできるようになるのだ。

あー、ブレアスやりてぇな。

「おーい、シルヴァ！」

「ん？　先輩？」

門兵の先輩であるモーディさんが、俺のことを呼んでいる。

モーディさんは、筋骨隆々の大男である。兵士でありながら、剣ではなく斧を武器にしており、その剛腕によって振られた斧は、丸太ですらひと振りで両断する。男性ホルモンが濃いのか、整えられたもみあげは顎の下まで伸びており、ひとたび鎧を脱げば、立派な胸毛を拝むことができる。

彼の姿はブレアスのプレイ中に確認できるのだが、名称は〝兵士A〟だったため、本名を聞いたときにはちょっと感動した。

「どうかしました？」

「ああ、聖騎士団の団長様が、お前のこと呼んでるぞ。……何したんだ？　お前」

「あー……なん、でしょうね」

ヘラヘラと笑いながら、言葉を濁す。

兵団の上層部、聖騎士団。本来、俺たちと彼らが直接かかわることなど、ほとんどない。モーディさんからしても、俺が呼び出される理由なんて見当もつかないだろう。ただ、俺にはちゃんと心当たりがあった。

「すぐに聖騎士団本部に来るように、だってさ。何があったのかは知らねぇが、骨くらいは拾ってやるからな」

「縁起でもないこと言わないでくださいよ……」

「がはは！　すまんすまん」

モーディさんからバシバシと背中を叩かれ、俺は送り出される。

騎士団長である〝彼女〟と会うのは、できれば避けたい。

しかし、兵士として働く限り、上司の命令には逆らえないのが現実だった。

◇◆◇◆◇◆

聖騎士団本部——。

豪奢《ごうしゃ》で堅牢な外観を持つその建物は、まるで来るものすべてを威圧しているかのような雰囲気を醸し出していた。仕事で何度かここの門をくぐったことがあるが、いまだに落ち着かない気分になる。

「所属と名前は」

「ゼレンシア兵団所属、東門警備担当、シルヴァです」

「——確認した」

入り口を守る騎士様が、俺を目的地まで案内してくれる。

ちなみに、聖騎士と兵士の違いは、支給されている鎧で判断できる。

白銀の鎧に身を包んでいるのが、聖騎士。

安っぽい革とくすんだ鋼で作られた鎧を着ているのが、俺たち兵士だ。

建物の中を進み、しばらくすると両開きの扉が見えてくる。

その扉には、騎士団の紋章である剣と盾が煌々と輝いていた。

「団長、シルヴァ兵士が到着しました」

「————中へ」

「はっ」

騎士様が扉を開き、俺は騎士団長室へと足を踏み入れる。

「よく来てくれたな、シルヴァ」

不敵な笑みを浮かべながら俺を迎え入れたのは、ゼレンシア第一聖騎士団団長、エルダ＝スノウホワイト。頭の後ろでひとつに結ばれた、艶やかな銀髪。青色の瞳は深い海のようで、しばらく見つめていると、吸い込まれてしまいそうだ。そして、公式で作中トップクラスと明言されている大きな胸。

何を隠そう、このエルダ＝スノウホワイトも、ブレアスにおける攻略キャラのひとりである。

「えっと……何用でしょうか、騎士団長」

「分からないのか？　察しの悪い男だな」

エルダさんは、不満そうに頬を膨らませる。

こういうところが可愛いんだよな、この人。厳格そうな雰囲気から垣間見える少女のような一面が、俺たちプレイヤーの心を鷲掴みにするのだ。

しかし、今の俺に萌えている余裕などない。

兵士がこの人に呼び出されるときは、大抵ろくな話じゃないのだから。

「貴様、魔族を倒しただろ」

「……なんの話でしょう?」

「魔族襲撃事件……通称〝楔の日〟の後始末の際、全身をズタズタにされた魔族の死体が見つかった」

「それが何か……?」

「あれはゼレンシア流剣術〝独楽噛み〟によってできる傷だ。独楽噛みは、ゼレンシア流の中でも基礎に当たる技。要は初歩中の初歩だ。そんな技で魔族を倒せる者など、勇者を除けば、私は片手で数えられるほどしか知らない」

「……」

「そのほとんどは、私と同じ騎士団長の立場にある。そして騎士団長は、楔の日はほとんど出はらっていたため、あの場にはいなかった。独楽噛みで魔族を倒せるような者は、もう貴様しか残っていない……違うか?」

冷や汗が背中を伝う。

エルダさんは、俺の本当の実力を知る数少ない人物のひとり。

彼女は、俺が魔族を倒したことを確信しているようだ。

ここで反論できなければ、俺は昇進させられてしまう。

「で、ですが〝勇者を除く〟とご自分でおっしゃいましたよね？　真っ当に考えれば、勇者様が討伐したのでは？」

「甘いな。勇者は自身の手柄を正しく国に報告することが義務化されている。その中で、あの蜘蛛の魔族だけが討伐者不明のまま放置されていたのだ」

俺が必死に捻り出した言い訳は、ことごとく、いとも簡単に潰された。

「というわけで、貴様があの魔族を倒したのだろう？　いい加減観念したらどうだ」

「認めませんよ、俺は」

「えー？」

「えー、じゃないですよ……結局、はっきりした証拠はないってことですよね」

「……まあ、そうだな」

あの場で俺が魔族を倒した証拠は、何も残っていない。

ゼレンシア流剣術は、この国に古くから伝わる剣術だ。使い手なんていくらでもいるし、隠れた達人がいたっておかしくない。魔族を倒せる者は数少ないとはいえ、決してゼロではないのだ。

「はぁ……早く認めて楽になればいいものを。どうしてそこまで騎士団への入団を拒むのだ。兵士よりも確実に賃金は上がるし、国から得られる恩恵も増えるんだぞ？」

「でも、勇者と一緒に任務に当たらないといけないんですよね」

「ああ。我らの役目は、この国を守ること。そして、勇者の戦いを援護することだからな」

「それが嫌というか……攻略キャラに近づくのはちょっと」

「攻略キャラ？」

謎の言葉に対し、エルダさんは首を傾げる。

そして再びため息をつくと、困った様子で眉をひそめた。

「私が知る中で、貴様はすでに魔族を二体討伐している。そんな実力者を門兵に留めておくなど、この国にとって大きな損失だ。それを分かってほしいのだが……」

「……申し訳ございません。団長に認めてもらえるのはとても嬉しいのですが、やっぱり俺は、聖騎士になるつもりはありません」

「――――そうか。とても残念だ」

「分かっていただけたようで何よりです」

「こうなったら、手段を選んでいる場合ではないな」

「え？」

猛烈に嫌な予感が走った。

エルダさんは机から一枚の羊皮紙を取り出し、俺に見せつける。

そこには〝聖騎士団入団試験願書〟と書かれていた。

入団希望者の欄に書かれた名前は〝シルヴァ〟――――そう、俺だ。

「貴様があまりにも駄々をこねるものだから、こちらも強行手段を取らせてもらう」

「なっ……！　それはいくらなんでも――」

「……なんてな。いくら騎士団長とはいえ、本人の意思を無視して入団させることなどできん」

俺はホッと胸を撫で下ろす。

「えっと……じゃあ、その紙は一体？」

「勧誘を諦める代わりに、ひとつ頼まれてほしい」

「……？」

エルダさんは、再び机から紙を取り出す。

それには、男性の似顔絵が描かれていた。

おかっぱ頭に、どこか皮肉っぽい顔。似顔絵だけでこんなにイラっときたのは初めてかもしれない。

「彼の名は、ブラジオ＝バードレイ。すでに願書提出が確認された、入団希望者だ」

「バードレイって……かなり有名なお家柄ですよね。ご子息ですか？」

「そうだ。訳あって、騎士団は彼の入団を拒みたい」

「拒むって……」

騎士団に入団するためには、兵士として功績を積んで昇進するか、入団試験に合格するしかない。

入団試験の願書を受け取るかどうかは、騎士団側が決められるはずなのだが――。

「願書を受け取らなかったり、あからさまな手段でふるい落とそうとすると、バードレイ家が出てきて面倒なことになる。そこで、貴様の出番というわけだ」

「……妨害役ってことですか」

「その通り。試験内容に、模擬戦がある。貴様にはブラジオの相手をしてもらい、不合格にしても不自然ではないくらいに完封してほしい」

難しい依頼だ。

しかし、これをこなしたら、俺への勧誘を諦めてくれるらしい。

ここは話に乗っておくべきか……。

「……分かりました。お引き受けします」

「そうか、感謝するぞ」

「それで、彼を入団させたくない訳って、一体なんですか？」

「……この男は、どうしようもないクズだ」

エルダさんは、まるで吐き捨てるようにそう告げた。

◇◆◇◆◇◆

「はぁ……」

門兵の仕事に戻った俺は、深いため息をついた。

厄介な仕事を任されてしまった。ただのモブ兵士であるはずの俺が、まさかあの騎士団長から直々に仕事を任されるとは――――。

　俺の平穏な門兵生活はどこへやら。人生何が起きるか分からんものだ。

「……なんか嫌なことでもあった？　シルヴァ」

「うおっ⁉　シャルたそ⁉」

　いつの間にか、俺の隣にシャルたそが立っていた。

　彼女は不思議そうな顔で俺を見つめている。

「そんなに驚く？」

「そりゃ……急に推しが現れたら、誰だってびっくりするよ」

「推し……？」

　今日も可愛いな、シャルたそは。

　こうして会えただけで、憂鬱な気持ちがほとんど吹き飛んでしまった。

「久しぶりだね。元気してた？」

「うん……学園は大変だけど、元気。強くなってる実感もある」

「それはよかった。その調子で、立派な勇者になってくれよ」

「もちろん」

　シャルたそは得意げに微笑んだ。

　この笑みを拝むことができた俺には、きっと幸福が舞い込んでくることだろう。

　あ、こうしてお話しできている時点で、すでに幸せか。

「それで、どうしてため息ついてたの？」

「ああ……ちょっと厄介な仕事を任されちゃってね」

「ふーん……？」

俺の仕事は、数日後に控えた騎士団の入団試験で、ブラジオ＝バードレイが不合格になるように立ち回ること。

エルダさんは言った。ブラジオ＝バードレイは、どうしようもないクズだと。

そんな男を騎士団に入団させるのは、絶対に避けなければならないことだと。

ただ、何がどうクズなのかまでは教えてくれなかった。語ることすらおぞましいと、言葉を濁されてしまった。

別に、ブラジオを妨害することに対しては、なんの抵抗もない。

その程度のことで勧誘を諦めてくれるなら、喜んでやってやる。

しかし、できればブラジオのことをもう少しよく知っておきたい。

ブラジオはブレアスの本編に登場していない未知数のキャラ。

俺が妨害し、聖騎士団への入団が叶わなかったことで、ブレアス本編に何か影響が出てしまう可能性がある。ブレアスのシナリオを守るために、俺は自身の行いがどういう結果につながるのか、ちゃんと知っておかなければならない。

「……シャルたそ」

「何？」

「俺に会いに来てくれたってことは、このあとは暇？」

「うん、暇だけど」

「じゃあ、ちょっと俺の用事に付き合ってくれないか？」

エルダさんが教えてくれないのなら、もう自分で調べるしかないよな。

◇◆◇◆◇◆

王都のはずれにある歓楽街。飲み屋や娼館が立ち並ぶ中を、俺とシャルたそは歩いていた。

「……シルヴァ、私をどこに連れ込む気？」

「ご、誤解だよシャルたそ……」

「冗談。早く見つけよう、そのブラジオっていう人」

「ああ、そうだね」

ブラジオ＝バードレイは、バードレイ家の嫡男《ちゃくなん》。

バードレイ家はこの国有数の貴族であり、良くも悪くも有名だ。

王家に莫大な額の献金をしており、国の重役から気に入られている。しかし、その資金の集め方は、収賄や偽装工作、人身売買や薬物など、違法なものが多いと噂されている。

そんなお家の嫡男とあれば、当然この国では有名人。少し聞き込みをしただけで、目撃情報が手に入った。

「どこの店にいるんだろう……歓楽街にいることまでは分かってるんだけどな」

辺りを見回しながら、俺はつぶやく。

ブラジオは、この歓楽街で毎晩親の金を使って飲み歩いているらしい。

というわけで、こうして探し回っているのだが、一向に見つからない。

まだ日は暮れていないし、時間帯が早すぎたのかもしれない。

どこかで時間を潰して、少しあとになってから探したほうがよさそうだ。

「……どこかで飯でも食べるか。シャルたそ、お腹空いてる？」

「うん、ペコペコ」

「よし、じゃあ美味しそうな店を探そう」

「それなら、さっき通ったお店からいい香りがした。あそこに行ってみたい」

「シャルたそのご希望とあらば」

俺たちは歩いてきた道を引き返し、いい香りがしたという店で夕食を済ませることにした。


シャルたそは、ハンバーガーが好きだ。

バードレイ家ほどではないにしろ、オーロランド家も貴族の一角。家で食べる食事はすべて一流シェフが作ったもので、俺のような一般市民と比べると、圧倒的に舌が肥えている。しかし、高級志向な食事に慣れているからこそ、ジャンキーなものが食べたくなるらしい。

「あー……ん」

注文したハンバーガーに、シャルたそは勢いよくかぶりつく。

どう見ても、彼女の口とハンバーガーの大きさが合っていない。

案の定、シャルたその顎は上下のバンズに届いておらず、握力も足りないせいか、ズルゥっと中身だけが引きずりだされてしまった。

「あーあ……」

主役であるパティ、それからチーズやトマト、レタスを失ったことで、それはハンバーガーではなくなった。ただのバンズ――――いや、もはやただのパンである。

抜け殻になったバンズをしばらく見つめていたシャルたそは、諦めた様子で中身を先に食べきった。

「……いつもこうなっちゃう。なんだか寂しい気持ち」

「仕方ない。シャルたそは口も手もちっちゃいから」

「むう……でも、バンズだけで食べるのも嫌いじゃない」

そう言いながら、シャルたそはバンズを食べ始める。

なるほど、シャルたそはいつもこうやってハンバーガーを食べているのか。

推しの情報が詳細になって、オタクは嬉しいです。

「――――次はどこを探す？」

酒場で食事を終えた俺たちは、今後の動きについて話し合うことにした。

「もう少しエリアを絞り込めたらいいんだけどな……巡回するにも、このままじゃ見るべき場所が多すぎる」

「同感。少なくとも、二人じゃ無理」

シャルたその言葉に対し、俺は頷く。

この歓楽街をしらみつぶしに探すなんて、二人だけでは到底無理だ。

いつの間にか、この酒場も満席になっていた。そろそろ歓楽街の本領が発揮される時間帯。つまりブラジオが現れる可能性が高い。というか、現れてもらわなければ困る。

「――――おい！　二階席空いてるか！」

派手な音と共に扉を開き、数名の騎士を連れた男が店に入ってきた。

その途端、店内は急に静まり返り、数名の店員が慌てて男のもとに駆け寄っていく。どうやら彼は相当なＶＩＰのようだ。

「……シルヴァ」

「ん？」

「あの人じゃないの？　ブラジオって」

シャルたそからそう言われ、俺は目を凝らす。

そして懐から預かった似顔絵を取り出し、彼と見比べた。

「……確かに」

「でしょ？」

金髪のおかっぱ頭に、皮肉っぽい顔。間違いなく、ブラジオ＝バードレイだ。

なんたる偶然。シャルたそという幸運の女神がいてくれたからだろうか。

「空いてない？　ボクが来たのに空いてない？　おいおい、ふざけるなよ。空いてないなら空けろよ！　誰の親父がこの店のオーナーか分かってんのか!?」

「も、申し訳ございません……！」

「ったく……使えねぇなほんと」

なるほど、この店はバードレイ家が関わっているのか。

しかし、自分の父親が関わっているとはいえ、なんて横暴なのだろう。

これだけ繁盛しているのは、店員である彼らの尽力あってこそだろうに。

「もういいや、別の店行くから」

そう告げて、ブラジオは騎士たちと共に店をあとにしようとする。

しかし、店を出る直前で、ブラジオは俺たちの席へ視線を向けた。

「おや？　おやおやおやおや？　もしかして、そこにいるのはシャルル＝オーロランド嬢では？」

下卑《げび》た笑顔を見せながら、ブラジオは俺たちのもとへと歩み寄ってきた。

「……どこかで会ったことある？」

「おいおい、つれないじゃないか。この前社交界で会っただろう？」

シャルたそは、しばらく考え込む様子を見せたあと、眉を下げた。

「……覚えてない」

「っ……」

ブラジオの額に、青筋が浮かんだ。

プライドが高い男に対し、覚えてないは禁句である。

だが、覚えていないものは仕方ない。シャルたそは何も悪くない。

「お、覚えてないって言うなら……これから覚えてもらおうかな」

ブラジオが俺を一瞥する。

そして俺が高貴な身分でないことを察したのか、ふんっと鼻で笑ってから、大袈裟な動作でテーブルに腰かけた。

「オーロランド家の娘の美しさは、貴族の間じゃ有名さ。ボクはずっと君とお近づきになりたかった」

「そう……」

「このあとどうかな？　とびっきりの店に君を招待させてほしい。最高の料理、最高の酒でもてなそう」

「私はまだお酒を飲める歳じゃない」

「そ、それじゃあ最高級フルーツのジュースはどうだい⁉　きっと気に入るよ」

「……興味ない」

「ぐっ……」

シャルたその冷たい視線を受けて、ブラジオは顔をしかめる。

初めて見たな。ナンパがこんなに綺麗に撃沈するところ。

「……そこにいるのは、君の護衛かい？」

突然、ブラジオは俺のほうを見ながらそう問いかけた。

「いや、ちが――」

「いかにも、私はシャルル＝オーロランド様の護衛である」

「……？」

俺が護衛と告げたことで、シャルたそは首を傾げた。

ここはそう言っておいたほうが、色々と都合がいい。

今は合わせてほしいという旨を込めて、シャルたそにウィンクを飛ばす。

「……そう、彼は私の護衛」

「ふっ……ふはははは！　そうかそうか、なるほどなるほど。シャルル、ボクが思っていたより、君には大した価値はなさそうだ！」

今度はこっちの額に青筋が浮かんだ。

シャルたそに大した価値がない？　首を刎ねてやろうか、この男。

「どういう意味？」

「こんな冴えない護衛を連れている時点で、君にはその程度の価値しかないってことだろう？　ご両親は君を大切に想っていないのかな？」

なんと、シャルたその価値を下げていたのは俺だった。

確かに俺のようなモブが護衛では、シャルたそが大切にされていないように見えても仕方ない。俺が冴えないというのは事実だ。こんなに華がない男がそばにいたところで、悪漢に対してはハッタリにもならない。

「それに対して、ボクの護衛を見たまえよ！」

ブラジオの護衛たちが、一列に並ぶ。

美しい鎧を身にまとった彼らは、俺とは比べものにならないくらいに屈強に見えた。こうして近くで見ると、存在感が違いすぎる。

「彼らは我がバードドレイ家が引き抜いてきた、元聖騎士たちだ！　勇者と共に魔族と戦った経験もある、歴戦の戦士たちだよ！　どうだ！　まさにボクに相応しい護衛だろう⁉」

元、聖騎士ね。どうりで強そうなわけだ。

しかし、国を守るためにその身を捧げたはずの騎士たちが、護衛として引き抜かれるとはどういう了見だろう。もれなくこちらをバカにするような表情を浮かべていることから、どうせろくな理由じゃないのだろう。全員が全員、めちゃくちゃ性格が悪そうだ。

「……行こ、シルヴァ」

そう言いながら、シャルたそは俺の手を引っ張った。

困惑する俺をよそに、彼女は店から出ようとする。

「ふははは！　そんな弱そうな護衛を連れて、無事に屋敷まで帰れるといいな！」

「……あなたはひとつ勘違いしてる」

「おいおいおい、ボクが勘違い？　一体何を？」

「そんな護衛じゃ、彼の足元にすら及ばない」

シャルたそがそう告げると、ブラジオたちはポカンとした表情を浮かべた。

そりゃそうだろう。この冴えない男が、ここにいる屈強な男たちよりも強いだなんて、信じるわけがない。

そんな彼らを置き去りにして、俺とシャルたそは店を出た。


店を出て、しばらく歩いたところで、シャルたそは足を止めた。

「……ごめん、シルヴァがバカにされて、ちょっとカッとなった」

シュンとしているシャルたそも、とても可愛らしい。

しかし、今はそういう話をしているときではない。

「俺のために怒ってくれるなんて、オタク冥利に尽きるよ。でも、ちょっと悪手ではあったかな？」

「え？」

俺は振り返る。

するとそこには、先ほどの護衛たちが立っていた。

「……何か用か？」

俺がそう問いかけると、男たちはニヤニヤしながら路地裏を指さした。

「そこの嬢ちゃんが言ってたな。俺たちはそいつの足元にも及ばないって。だったら試してみようぜ」

シャルたそに非はないといえ、厄介なことになったのは事実。

逃げるのはたやすいが、果たしてそれが正解か？

「……」

俺はチラリとシャルたそを見る。

彼女は何かを期待するような目で、俺を見ていた。

――ブラジオの情報を聞き出すチャンスだしな……。

「分かった、乗ってやる」

「そうこなくっちゃな！」

そうして俺たちは、賑やかな通りを抜けて、静かな路地裏で対峙する。

相手は四人。酒場で見たときより人数が減っている。そりゃそうか、全員がブラジオから離れるわけにはいかないもんな。

「シャルたそは下がっててくれ」

「分かった」

シャルたそに、こんなムサい男たちと同じ空気を吸ってほしくない。

ここでこいつらを片付けて、ブラジオの情報を、洗いざらい吐いてもらう。

「ボコボコにしてから裸にひん剥いて、ブラジオ殿の前で躍らせてやる」

拳を鳴らしながら、一番ガタイのいい男が前に出てくる。

それを見て、俺はため息をついた。

「なんだぁ？　具合でも悪いか」

「そういうのじゃないよ。どうしてあんたひとりなんだ？　全員でかかってくればいいだろ」

「馬鹿か。テメェなんざ……俺ひとりで十分だっつーの！」

剣すら抜かず、男は拳を振り上げながら迫ってくる。

この感じは、腕力だけでのし上がってきたタイプだな。

これなら、多少乱暴に扱っても死んだりしないだろう。

「うおらぁ！」

繰り出された拳をかわし、一歩で懐へ。そして男の顎に、肘打ちを叩きこむ。

「かへぇっ」

「ほら、言わんこっちゃない」

変な声を漏らし、男は地面に崩れ落ちた。

いい角度で入った。脳が大きく揺れ、しばらくは立ち上がることすらできないだろう。まずはひとりだ。

「か……囲め！」

残った三人は抜剣し、俺を取り囲む。

最初からこうしてくれていれば、もっと早く終わったのに。

「テメェ……！　よくもやりやがったな！」

剣を構えたまま、三人はじりじりと距離を詰めてくる。

――――こいつら、まるで人を斬る覚悟がないな。

剣を抜いておきながら、すぐに飛びかかってこない。俺に観察する時間を与えて、どうするつもりだろうか。

「ほいっと」

俺は一番意思の弱そうなやつのほうへ踏み込み、素手で剣を絡めとった。

呆気なく武器を奪われた男は、動揺のあまり尻もちをつく。

これではっきりした。こいつらは、コネで聖騎士団に入った、ハリボテ騎士だ。

実力も、心構えも、てんで駄目。

「こっちはな、ブレアスの知識を活かして、血反吐を吐くほど鍛えてんだよ」

この過酷な世界で生きていくためには、強くなければならない。

ひ弱な体じゃ、魔族と出会った時点で洒落抜きの即ゲームオーバー。いつどこに死が転がっているか分からない――――そんな世界で真っ当に人生を謳歌するには、誰よりも強くなるしかないのだ。

尻もちをついた男の顔を蹴り上げる。

そうして俺は、二人目の意識を奪った。

「な、舐めやがって……！」

舐めているのはどっちだよと訊きたいところだが、どうせ理解し合えないのだから、会話はもう必要ない。

俺はキャンキャン吠える三人目の男に近づき、奪った剣の柄を腹に突き入れた。

「ごっ――――」

鎧が大きく凹み、衝撃が腹部まで伝わる。

三人目は、そのまま白目を剥いて倒れこんだ。

「鎧も見かけ倒しか……そんなこったろうと思ったけど」

「お、お前ら……！　クソォ！」

――――残りひとり。

最後のひとりが、恐怖の表情を浮かべながらじりじりと後退し始める。

今にも逃げ出してしまいそうだ。

「悪いけど、人を呼ばれちゃ困るんでね」

奪った剣を捨て、鞘に入ったままの剣を腰から外す。

鞘に入っていれば、相手を斬り殺さずに済む。まあ、当たれば死ぬほど痛いだろうけど。

「ゼレンシア流剣術……　〝黒猛裂《こくもうざ》き〟」

俺の剣は、防御しようとした男の剣を砕き折り、薄っぺらな鎧ごとその肩を砕いた。激痛のあまり、最後のひとりはその場に崩れ落ちる。

「――お見事」

シャルたそからお褒めの言葉をいただきながら、俺は剣を腰に戻した。


あんたらが俺に負けたって話は、誰にも言わない――。

そう言って交渉したところ、護衛たちはあっさりとブラジオの裏の顔を吐いた。

薬物の密造や売買。恐喝や暴行。数多の犯罪に関わっているブラジオは、そのすべてをバードレイ家の力でもみ消してきたようだ。

大した悪童だ。反吐が出る。

「ブラジオ殿の次も目標は、騎士団を内部から意のままに操ること……騎士団長の弱みを握り、組織をも私物化しようとしている」

男たちは、最後にそう語ってくれた。

ここまで話を聴けたら、もう彼らに用はない。

「……行け。ご主人様には、圧勝でしたとでも報告するんだな」

お互いに体を支え合いながら、男たちは去っていく。

騎士団の私物化。そんなことが叶えば、ブラジオは今後も悪事を働き続けるだろう。人々の生活は理不尽に脅かされ、いずれは国全体が腐る。

　そんなことになったら、きっとこの世界はブレアスのシナリオから大きく逸脱してしまうはずだ。

「お疲れ様、シルヴァ」

「シャルたそも、付き合ってくれてありがとう」

　シャルたそがいてくれたおかげで、スムーズにブラジオの情報を手に入れることができた。これでなんの気兼ねもなく、やつを妨害することができる。

「あんなやつ、絶対に合格させちゃダメ」

「ああ、そうだなシャルたそ。……俺が、絶対に止めてやる」

　ブレアスのシナリオを守るため。そして、シャルたそを嘲笑った報いを受けさせるため。俺があいつに、現実というものを教えてやる。

「……ねぇ、シルヴァ」

「ん？」

「シルヴァは、どうやってあんなに強くなったの？」

「どうしたんだ？　そんな藪から棒に」

「シルヴァの戦いを見たのはこれで二回目。そのうち一回は、魔族すら簡単に倒してた。……やっぱり、普通の兵士にできることじゃない」

「……」

　間近で見ていたシャルたそからすれば、確かに違和感しかないだろう。

魔族を倒せる兵士なんて、滅多に現れるものじゃない。

兵士時代に魔族の討伐に成功したのは、騎士団長であるエルダさんただ一人。つまり俺のしでかしたことは、若くして騎士団長までのぼり詰めた彼女に匹敵する偉業というわけだ。

こう言ってはなんだが、ゲームのメインキャラであるエルダさんが強いのは、当然の話だ。俺のように、立ち絵どころか名前もないようなモブが強くなるためには、生半可な努力では到底無理だ。

「……山籠もりをしてたんだ。何年間も」

「山籠もり？」

「魔物がうじゃうじゃいる場所でさ。毎日死ぬような思いをしてたけど、おかげで強くなれたよ」

冗談のように言っているが、すべて本当の話である。

俺が言っている山とは〝エヴァーマウンテン〟という、ゲーム後半で行けるようになる場所だ。レベル上げ専用マップと言われるくらい、高経験値の魔物がそこら中にいる山である。

俺はそこにいる魔物と戦い、鍛錬と経験を積み、筋力ステータスを底上げする〝薪割りゲーム〟や、速度ステータスを底上げする〝坂道ダッシュ〟を行って、基本的なステータスを一気に向上させた。ゲームと違って数値は見えないものの、今の実力からして、確実に実になっていると思う。

どれもこれも、ブレアスをやり込んだことで編み出した、最高効率プレイである。

「……私もそれをやれば、もっと強くなれる？」

「シャルたそはそんなことやる必要ないさ」

「どうして？」

「さっきも言った通り、山籠もりは毎日死ぬような思いをしないといけない。シャルたそなら、そんな荒療治みたいなことしなくても、ちゃんと強くなれるよ」

「……ほんと？」

「ああ、本当だ。俺の命に誓うよ」

順当にストーリーが進めば、シャルたそはどんどん強くなっていく。

覚醒イベントまで用意されているし、わざわざ凡人の俺と同じ鍛錬をやらなくても、必ず強くなれる。

「シルヴァがそう言うなら、信じる」

どこか安心したような笑みを浮かべたシャルたそを見て、心臓が飛び出しそうになるくらい大きく跳ねた。

ここスチルになりませんかね。アニメーションにしてくれてもいいですよ。ブレアスの制作陣様。

「……ちょっと、お腹空いた」

そのとき、シャルたその腹から大きな音が聞こえた。

これはちょっとどころではない音だ。

「別の店で何か食べる？」

「シルヴァのおごり？」

「もちろん！　推しに貢ぐのは、オタクとして当然の義務だからね」

「……？」

きょとんとしているシャルたそを連れ、俺は再び繁華街を歩き出した。

第三章◆モブ兵士、斬る

「これより、第127期入団試験を始める」

試験官役の騎士が、整列した入団希望者に向けてそう宣言した。

いよいよ試験当日。話に聞いていた通り、ブラジオは入団希望者としてこの場に立っていた。

彼は一目で高級と分かる鎧に身を包んでいる。

帯刀している剣も、鍔《つば》や柄の先端には煌《きら》びやかな宝石が埋め込まれていた。庶民では、きっとどれだけ背伸びをしても買えない。

「第一試験は、模擬戦だ。一対一で戦い、勝利した者は二次試験へ進める」

そのルールを聞いて、俺は驚く。

「本来第一試験の模擬戦は、勝敗に関係なく光るものを見定めるための試験だった。しかし、今年は例年と比べて入団希望者が多いため、やむを得ず第一試験で半分に人数を絞る」

入団希望者たちが、その説明を受けてざわめき出す。

おそらく、エルダさんが色々と根回ししてくれたのだろう。

話が単純化して助かった。これで俺は、わざわざブラジオの印象が悪くなるような面倒くさい立ち回りをしなくて済む。

「ランダムで名前を呼んでいく。呼ばれた者は、速やかに訓練場の中央へ」

試験官の指示に従い、俺たちは訓練場の中央から離れた。

それにしても、いい訓練場だな、ここ。兵士の宿舎にある訓練場とはえらい違いだ。

「おいおいおいおい、お前はあのときの冴えない護衛じゃないか！」

田舎者のように辺りを見回していると、ブラジオがズカズカと俺のもとに近づいてきた。彼は重厚な鎧を着ているが、その足取りは見た目に反して軽い。単なる貴族のボンボンかと思ったが、意外と鍛えているのだろうか？

「……どうも、ブラジオ殿。まさかこんなところでお会いするなんて」

「ふん、こっちの台詞だ。護衛たちが言っていたぞ？　二度と逆らえないくらいボコボコにしてやったと――――その割には、傷がないように見えるが」

「教会に行って、回復薬をもらったんですよ。おかげで、結構な出費でした」

「ハッ！　回復薬ごときで結構な出費とは……貧乏人もいいとこだな！」

この場にいる全員に聞こえるような声で、ブラジオはそう言った。

どこまでも人を馬鹿にするのが好きなんだな、この男は。呆れて言葉が出てこない。

「見たところ、装備もすべて安物だろ。どこまでもみすぼらしいな、お前は」

「……そういうブラジオ殿は、重たそうな装備をつけていらっしゃいますね」

「ふんっ！　希少なオリハルコン鉱石を練りこんだ、最高級の鎧だ！　お前がいくら剣を振ろうが、このボクには傷ひとつつけられんだろうな」

俺は愛想笑いを浮かべる。

確かに、大した装備だ。オリハルコン鉱石の練り込まれた装備は、ゲーム後半にならないと手に入らない。防御力は極めて高く、生半可な武器じゃ傷ひとつつけられないだろう。

こんなやつが持つくらいなら、勇者様方に提供してほしいもんだ。

「せいぜい、ボクと当たらないことを祈るんだな！」

「ええ……そうですね」

ふと顔を上げると、騎士が一枚の紙を持って周囲を見回していた。

そろそろ始まりそうだな。

「ブラジオ＝バードレイ！　シルヴァ！　訓練場の中央へ！」

「くっ……ははははははは！」

ブラジオは、天を仰ぎながら大笑いする。

「まさかまさか！　本当にお前が対戦相手とはな！　つくづく運のないやつめ！」

「……どうやら、そのようで」

こうなることを知っていた俺は、へらへらしながら剣の柄を撫でた。

「底辺貴族の護衛ごときが……このボクには逆立ちしたって勝てないってことを、その体に叩きこんでやる」

「底辺貴族……？」

俺の中で、堪忍袋の緒が切れた音がした。

「一方が〝参った〟と宣言するか、戦闘不能になった時点で勝敗が決する。ルールはそれだけだ。何か質問は？」

「試験官！　万が一相手を死に追いやってしまった場合はどうなる？」

「その場合は失格だ。あくまで相手の命を奪わず制圧しろ」

「チッ……面倒くさいなぁ」

ブラジオが悪態をつく。

命を奪ってはいけないなんて、当たり前のルールだ。

もしそれが許されたら、これは模擬戦ではなく決闘になってしまう。

「命拾いしたな、ザコ護衛。せいぜい大けがしないように立ち回るがいいさ」

「……お手柔らかに」

互いに剣を抜き、構える。

ブラジオの構えは、想像よりも悪くない。多少は剣術を齧《かじ》っているようだ。ただ、まともにやり合えば騎士団の下っ端にも敵わないだろう。全身を包む最高級の装備品さえなければの話だが――。

「では、始め！」

試験官の号令と共に、ブラジオが跳びかかってくる。

こっちの剣が自分に傷をつけられないと踏んで、特攻を仕掛けてきたわけだ。

「うおおぉぉぉぉお！」

「……」

体を逸らし、振り下ろされた剣をかわす。

ああ、なんと隙だらけ。俺はブラジオの小手を目掛けて、剣を振り下ろす。

「ぎゃっ⁉」

甲高い金属音がして、ブラジオは剣を落としてしまう。

さすがの装備だ。手首を斬り落とすつもりで攻撃しても、こちらが弾かれてしまう。しかし、どんなに硬い装備でも、衝撃を完全に殺すことは難しい。剣を手放すことが、どれだけ危険なことかも分かっていないのだろう。心構えの時点で、こいつは駄目だ。

「っ……な、何が……」

「手が滑っただけですよね？　拾っていいですよ」

「あ、当たり前だ！」

ブラジオは剣を拾い、俺からヨロヨロと距離を取る。

どうやら右手が痺れてしまっているようで、剣を上手く握れていない。

なんと脆いことか……。

「ふっ……！　命拾いしたな！　ボクが剣を落としていなければ、お前の体は今頃地面に突っ伏していただろう！」

「そうかもしれませんね」

剣を構え直し、俺は小さく息を吐く。

――面倒くせぇ。

変に力みすぎたら、ブラジオを殺してしまうかもしれない。

逆に力を抜けば、刃が鎧に阻まれてしまう。

ブラジオが弱すぎることによる弊害が、俺を苦しめていた。

「どうした！　かかってこないのか⁉」

「ブラジオ殿こそ。最初と同じようにかかってきてはどうです？」

「しょ、初撃はこっちだったからな！　次はお前に譲ってやる！」

――腕が痺れて、まともに剣が振れないだけだろ……。

ツッコミを入れたい心をグッと堪え、俺は呼吸を整える。

要は、鎧だけを斬ればいいだけの話。集中すれば、まあ、できないこともない。

「じゃあ、お言葉に甘えて」

「え？」

俺は一瞬で距離を詰め、ブラジオの鎧に向けて剣を突き込む。

再び甲高い音がして、彼の体は大きく後ろに転がった。

「ぎゃっ⁉　な、なんだ⁉」

――見えてすらないのか。

目を丸くしているブラジオを見て、俺は苦笑いを浮かべる。

「……転んでしまったみたいですね」

「そ、そうだ！　今のは転んだだけだ！」

なんとおめでたい男だろう。

ブラジオは鎧の重さに四苦八苦しながら、なんとか立ち上がった。

「ふっ……ここまで幸運が続いてなんとか生き延びているようだが、お前は気づいてるか⁉　ボクがまだ一切本気を出してないということを！」

「へー……」

もはや滑稽でしかない。

これもまた情けか。俺はこの勝負を早く終わらせるべく、意識を剣に集中した。

「……魔力強化」

小声でそう告げた俺は、体と剣に魔力を纏《まと》わせる。

魔力とは、内に秘めた精神エネルギーのことを指す。体に纏わせれば鋼のように屈強になり、剣にまとわせれば、たとえ鉄であろうと容易く両断できるほどの攻撃力が手に入る。

ほとんどの人間は、己の魔力を認識すらできず、生涯を終える。

勇者になるためには、魔力を自在に扱えることが必須条件。敵は、人間よりも遥かに強靭な体を持つ魔族。生身では、決して敵わない。

「な、なんだ……⁉　剣が光って……」

「その鎧、オリハルコン製だったよな」

「そっ……それがどうした！」

俺は剣を構えながら、ゆっくりとブラジオに近づいていく。

無知なりにこの剣が放つ威圧感に気づいたのか、ブラジオは下瞼をぴくぴくと痙攣《けいれん》させながら後退った。

「な、何をするんだ……」

「何って、攻撃だよ、ブラジオ。攻撃しないと、勝敗がつかないだろ？」

「わわわ、分かった！　そうだ、こうしよう！　お前をボクの金で雇う！　だからここは負けてくれ！　あんな貧乏貴族の女じゃ、到底支払えないくらいの大金をくれてやる！」

「……」

こいつは一体、どこまで俺の神経を逆撫ですれば気が済むのだろう。

俺は剣を振り上げ、天にかざす。

オリハルコンの鎧を斬ることは、決して簡単なことではない。

しかし、魔力を纏わせた刃なら――。

「動くなよ。命が惜しければ」

「ひっ……!?」

「ゼレンシア流剣術……〝白滝《しらたき》〟」

ただ真っ直ぐ、俺は剣を振り下ろす。

綺麗な一線を描いたその刃は、ブラジオが認識できない速度で、その鎧だけを斬り裂いた。

「……は？」

ブラジオの鎧が、縦に割れる。

あのオリハルコン性の鎧が、まさかこうも簡単に切断されてしまうとは、夢にも思っていなかったのだろう。

驚きのあまり、ブラジオはみっともなく尻もちをついてしまった。

そんな彼に、俺は剣を突きつける。

「……降参ってことでいいな」

「こ……降参します」

力なく項垂《うなだ》れたブラジオに背を向け、俺は剣を納める。

しんと静まり返ったこの場所で、試験官も、他の入団希望者たちも、みんなが俺に注目している。

――――まずい、ちょっと目立ちすぎたか。

◇◆◇◆◇◆

「予想はしていたが、まさか本当に魔力強化ができるとはな」

「……」

別日になって、再びエルダさんに呼び出された俺は、鋭い眼光を向けられていた。

今まで色々と誤魔化してきたが、ついに決定的な瞬間を見せてしまった。

魔力を自在に操れる者は少ない。故に、この世界では貴重な戦力とされている。エルダさんが俺を聖騎士団に入団させたがるのも、当たり前のことだ。

「……貴様のおかげで、ブラジオの入団を防ぐことができた。これでやつは、騎士団内部に根回しする手段を失った。次の入団試験が来る前に、必ずその悪事を暴いてやる」

「ぜひそうしてください」

あいつは、何度も何度もシャルたそを馬鹿にした。

そんな不届き者には、牢屋に入って臭い飯を食っているのがお似合いだ。

「できることなら、貴様に捜査してもらいたいんだがな……騎士団の一員として」

「……何度お誘いいただいても、俺は騎士団には入りません」

「それほどの実力を持っているにもかかわらず、まだ騎士団に入らんというのか」

「ええ……まあ」

「……はぁ」

エルダさんが頭を抱える。

「――――まあ、約束は約束だ。貴様は、見事ブラジオを不合格にしてくれた。よって、もう私から貴様を騎士団に誘うことはない」

「助かります……！」

その言葉を聞いて、俺はとびきりの笑顔を見せた。

これでまた、あの平穏な門兵の仕事に戻ることができる。

「……本当に、騎士団に入りたくないのか？」

「はい！」

「本当の本当に？」

「はい！」

「……ぶっちゃけて言うと？」

「入りたくないです！」

「うっ……うう」

俺が即答し続けると、突然エルダさんの瞳に涙が浮かび始めた。

まさか泣いてしまうとは思っておらず、俺はオロオロしてしまう。

「そんなに嫌か⁉　いいじゃないか別に！　私の下で騎士やれよ！　他の者たちよりも給料上げてやる！　私の給料の一部を渡したっていい！　だから騎士団に入ってほしい……！」

机をバンバン叩きながら、エルダさんは駄々っ子のように声を上げた。

まさかこれは、親密度を上げると見ることができるイベント〝駄々っ子エルダ〟じゃないか？

本来であれば、魔族の襲撃で部下を守れなかったことへの後悔で苦しんでいるエルダさんを、主人公のアレンが温かな心で抱きしめることによって、ようやく解放される終盤のイベントである。そのイベント以来、エルダさんはアレンの前でだけ子供のような我儘を言うようになる。しかしどういうわけか、今目の前にいるエルダさんは、条件なんてひとつも満たしていないはずの俺の前で、駄々をこねている。もはやバグか？　これ。

「シルヴァがほしいんだ……！　ずっと私の隣にいてくれぇ……」

「そ、そんなプロポーズみたいな……」

「ち……違う！　私はあくまで騎士として……ふぇぇ」

「あーあー……べちゃべちゃに泣いちゃって……」

爆発したかのように泣きじゃくるエルダさんに、ハンカチを渡す。

あ、鼻水かまれた。

「ぐすっ……これは洗って返す」

「あ、ありがとうございます……」

意外と律儀だな。

「……みっともない姿を見せて悪かったな」

「い、いえ……お気になさらず」

「もう退出していいぞ。これからも……門兵として活躍してふぇぇ……」

「あーあー……」

言葉の途中でまた泣いてしまった。

結局俺は、エルダさんが泣き止むまであやし続ける羽目になった。

◇◆◇◆◇◆

シルヴァは、不思議な男だ。

この私、エルダ＝スノウホワイトが彼と出会ったのは、一年も前のことだった。

「勇者がやられた！」

戦いの場に響く、最悪の報告。

しかし、驚きはなかった。

――この敵の数では無理もない。

顔を上げれば、そこには三体の魔族がいた。

レベル１が二体、レベル２が一体。進化前の肉体を残しているのが、レベル１。しかしレベル２になると、完全に人型になる。頭部に立派な角が生えていなければ、人間と見間違えてしまうほどだ。

そして、その脅威もレベル１と比べて跳ね上がる。

「全員下がれ！　私が時間を稼ぐ！」

部下たちに指示を出し、下がらせる。

ああ、今日はまさに厄日と言っていい。勇者学園を首席で卒業し、誰からも期待を寄せられていた新人勇者が、呆気なく殺された。

本来の実力を出すことができれば、彼でもすべて討伐できただろう。敗因は、ただの経験不足だった。

――さて、この傷でどこまで削れるか。

私は苦笑いを浮かべ、自身の左腕を一瞥した。

深々と刻まれた裂傷。レベル2の不意打ちから、新人勇者を庇った際に負ってしまった傷だ。

いつも通り戦うことは、もはや困難である。

すでに新たな勇者は手配してもらっている。

到着まで数時間はかかるとして、私の役目は魔族による被害を最小限に留め、あわよくば数を減らすこと。

レベル1だけなら、この傷でも倒すことができると思うが、レベル2を相手にしながらではそうもいかない。

「……この命、ただでくれてやる気はないぞ」

全身に魔力を纏う。

私はゼレンシア聖騎士団の団長だ。民を守るためなら、この命を散らす覚悟がある。たとえ致命傷を負ったとしても、新たな勇者が来るまでは食らいついてみせよう。

しかし、そんな私の覚悟とは裏腹に、最悪の事態が起きた。

レベル2の視線が、私から逸れる。

そしてその視線は、退避している部下たちのほうに向いた。

――まさか……!

レベル２が動く。その速度は、部下の逃げ足を大きく上回っていた。

「させるか……！」

それを妨害しようとすると、私の行く手を阻むかのようにレベル１が飛び掛かってくる。意図的なのか、それとも偶然か。少なくとも、魔族たちは私が一番やられたくない動きを見せたのだ。

「くそ……！」

レベル１たちの攻撃を捌きながら、私は部下のほうを見る。

迫りくる魔族に対し、彼らは恐怖の表情を浮かべている。

しかし、その中でひとりだけ、真っ直ぐ魔族を見つめている男がいた。

彼は騎士の象徴である白銀の鎧ではなく、革とくすんだ鋼で作られた鎧を身につけていた。

彼はただの兵士だった。私が逃げろと叫ぶ前に、彼は腰から剣を抜き放ち、魔族に向かって地を蹴った。

「まだ本編が始まる前だし……ノーカンだよな」

意味が分からない言葉をこぼし、彼が剣を振る。

その刃は、強固な皮膚を持つ魔族の体を呆気なく斬り裂き、致命傷を与えた。

鮮血が舞う中、兵士は剣を鞘に納める。その姿は、今までに見たどの剣士よりも美しかった。

それ以来、私は彼を騎士団に誘い続けている。

たとえ本人が否定したとしても、その力は間違いなく、この世界を守るために存在していると感じたから。

第四章◆モブ兵士、見つかる

「はぁ……」

いつかと同じように、俺は盛大なため息をついた。

俺がいるのは、いつもの持ち場である東門ではなく、人通りが激しい南門だった。

何故俺がここにいるのか、その理由は単純。南門の人手が足りなくなったため、応援に行くようエルダさんから頼まれたからだ。

街中で魔族の仕業と思われる事件が発生し、そちらに人手が割かれているようだ。

〝楔の日〟以来、こういうことが多発している。勇者や騎士団は、血眼になってその原因を探っていた。大変そうだが、ここまでは本編通りに進んでいるため、俺は何も告げ口しない。この件は、元々この世界で生きている者たちの手によって解決するはずだ。

まあ、こうしてその余波を受けてしまったのは、大きな誤算であったが……。

――本当は今頃、いつも通り雲を数えてのんびりしていたはずなのに。

渋々ではあるものの、俺はエルダさんの頼みを受け入れた。

エルダさんからの勧誘を断り続けたことが負い目となり、受けないという選択肢を選ぶことができなかったのだ。ここまで彼女が計算していたんだとしたら、そのときは素直に褒め称えよう。

この悪女め、と。

――つーか、どこまで続いてんだ、この列。

南門の前には、行商人や他国の者がずらっと並んでおり、王都に入るための手続きを行っている。これがまた時間がかかるのだ。交代の時間が来るまで、おそらく延々と身分を確認し続けるだけの作業が続くことだろう。

まあ、それも数日の辛抱だ。事件が解決すれば、元の暇な門兵に戻ることができる。労働なんてクソくらえ。俺は雲を数えてお賃金をもらうんだ。

「おい、新入り。さっきから手が止まってる」

「……はっ⁉　す、すみません」

隣にいた先輩兵士に声をかけられ、俺はハッとする。

いつの間にか現実逃避で意識を飛ばしていたらしい。

俺は慌てて通行人の身分を確認する作業に戻る。

――怒られちった。

反省を活かし、今度はちゃんと通行人を捌きながら、チラリと隣を見る。

俺に注意してくれたこの男は、クロウと言うらしい。元から南門警備を担当している先輩兵士で、甘いマスクが特徴。確かに顔は跳び抜けて整っているが、正直あまり好感は持てない。

その理由は、通行人の性別によって、態度を大きく変えるところにある。

「君、どこから来たの？」

ちょうど彼の前に、女性の通行人が来た。

「と……隣町です……」

「ふーん……可愛いね。お名前は？」

「へっ⁉　そ、そんな……ユリアです」

「ユリアちゃんか、いい名前だね。王都へはなんの用事で？」

「商店街の花屋に、仕入れをお願いされて……」

「なるほど、どうりで君から甘い香りがすると思った」

「ひゃっ……！　だ、駄目ですよ……こんなところで」

クロウ先輩が顔を近づけると、女性はまんざらでもない表情を浮かべながら、わずかに顔を逸らした。

「よければ今度お茶でも行こうよ。オレはクロウ。覚えてくれると嬉しいな」

「も、もちろん……！」

「ありがとう。では改めて……ようこそ王都へ。あなたを歓迎します」

お決まりの言葉と共に握手を交わし、女性は門を潜る。

姿が見えなくなるまでの間、彼女は何度も振り返っては、クロウ先輩の姿を確認していた。

ここまでは、まあ、別にいい。通行人の捌《さば》き方なんて人それぞれだし、要は不審者さえ街の中に入れないようにすればいいだけだ。彼は立派に仕事をしている。

しかし、問題はここからだ。

クロウ先輩の前に、今度は男の行商人が現れる。

「……名前は？」

「ブレッサです。王都には自慢の宝石を売りに――――」

「ふーん、通行許可証ある？」

「は、はい……」

「………はい、オーケー。さっさと入れ」

ほとんど目を合わせず、握手もせず、クロウは行商人を街の中に入れた。

お分かりいただけただろうか、この雑さを。

女性と男性で、態度が丸っきり違う。最初見たときは、別人が対応しているのかと思ったくらいだ。

「……何見てんだよ」

「あ、いや……その、男性にももう少し優しく対応したほうがいいのではないかと」

「うるせぇよ。新入りのくせに意見してくんな」

――――この野郎。

見下すような視線を向けられ、俺はなんとか笑顔を保ったまま、拳をぎゅっと握りしめた。落ち着け、我慢だ、我慢。殴っちゃだめだぞ、シルヴァ。

そう、冷静に考えよう。俺はこいつのことを知らなかった。つまりブレイブ・オブ・アスタリスクの世界では、俺と同じモブキャラということだ。そう考えれば、心も落ち着く。なんたって、ただのモブだ。こいつが何をしようとしまいと、この世界にはなんの影響もないわけだ。

「いるよな、そうやって自分がモテないからって僻《ひが》んでくるやつ」

モブ野郎が……。

同じモブ同士、どちらが上か分からせてやりたくなってきた。

「新入り！　交代の時間だ！」

「……承知しました」

ようやく交代の時間が来た。

俺はあとから来た別の先輩と交代し、持ち場を離れた。

門から少し離れたところの壁まで移動し、人の気配がないことを確認する。

そして鎧を外し、勢いよく地面に叩きつけた。

「ファ○ク！」

つい修正が入るような言語を吐いてしまった。

忙しさとあのモブ野郎のせいで、イライラしていたのだ。

別に、男女で対応が違うくらいなら構わない。しかし、その態度に怒りを覚えた通行人への対応を、やつは俺に丸投げするのだ。

前世で経験したクレーム対応を思い出して、胃がキリキリする。

仕事が終わったら、教会にでも行ってお祈りしよう。

いつかあのクソモブが、自分が弄んだ女に刺されますようにって。

「はぁ……ん？」

城壁の際に座り込み、空を見上げる。

すると、遠くに小さな点が見えた。その点は徐々に大きくなり、俺のもとに向かって飛んでくる。

「おいおい……！」

慌てて避難しようとするが、そうする前に、小さな点だったものは目の前の地面に着弾した。

土埃《つちぼこり》が舞い、思わず咳き込む。

やがて土埃が晴れると、そこにはひとりの女が立っていた。

「……やっと見つけたわ、シルヴァ」

「お、お前……」

長い紫色の髪に、妖艶な印象を持つ泣きぼくろ。大きな羽織と、厚底のブーツ。まさしく彼女は、俺の知り合いだった。

「な、なんの用だ……カグヤ」

「なんの用だなんて……愛すべき妻に向かって、つれないことを言うのね」

そう言いながら、彼女はじりじりと距離を詰めてくる。

先に言っておくが、俺は結婚なんてしていないし、まだ恋人すらいない。

自称俺の妻であるこの女の名は、カグヤ。

三級から一級まで位づけされた勇者の中で、〝特級〟という規格外の称号を与えられた、正真正銘の最強《バケモノ》である。

ブレアスにおいて、カグヤは当然ヒロインの一角を担っている。

その妖艶さと美しさに多くのファンが魅了され、何人もの神絵師たちが同人誌を描いていた。

もちろん、俺もそれのお世話になった。

――――と、そんな話は置いといて。

こいつとの出会いは、遡ること一年ほど前。

人手不足ということで、俺は新人勇者の魔族討伐任務に無理やり同行させられた。

しかし、その新人勇者は魔族相手にあっさり敗北し、命を落としてしまった。そこで俺は、仕方なくレベル2を討伐したのだ。

誤算だったのは、それを同行していたエルダさんに見られてしまったこと。

そして、応援に駆けつけたカグヤにも、ばっちり見られてしまったことだ。

以来、カグヤもエルダさんも、妙に俺に付きまとうようになってしまった。

ぶっちゃけ、ブレアスのキャラと交流できて、嬉しい気持ちもある。しかしそれ以上に、やはり本編への影響が心配だった。

「ずっとあなたを探していたのよ、私」

「だから……その理由を聞いてるんだけど」

「あなたに会いたかったからに決まってるじゃない」

「……」

穏やかな笑みを浮かべるカグヤに対し、俺は寒気を感じた。

　ブレアスのメインキャラであるはずのこいつは、何故か俺に対して異常な執着を見せていた。先に言っておくが、決して俺から彼女に対して何かアクションを起こした覚えはない。好かれる覚えがないから、こんなにもビビっているのだ。

「東門にいるって聞いたから行ってみたのに、何故かいないし……仕方なく、あなたを探して街中を飛び回ったわ。でも、こうして会えたってことは、やっぱり私たちは、運命の赤い糸で繋がっているのね」

　――お前の運命の相手は、本来なら主人公《アレン》なんだよ……。

　そう言っても、絶対伝わらないんだろうなぁ。

「……仮にも、カグヤは特級勇者だろ？　俺みたいなうだつの上がらない門兵に執着したって、何もいいことないぞ」

「あなたのような気高くて強い男には、私のような美しくも儚げな女が似合う……そうでしょ？」

　駄目だ、話が全然通じてねぇ。

　ていうか、カグヤが儚いだと？　現在確認されている魔族の中で、もっとも強いとされるレベル4を、笑いながらグチャグチャにしたこいつが？　笑えない冗談である。

　カグヤがいればこの国は安泰――そんな風に言われるくらい、彼女はゼレンシア王国全土から崇められていた。比べるまでもなく、俺とは住む世界が違いすぎる。

「それで、どうして南門にいるの？　私に断りもなく」

「なんでお前に断りを入れる必要があるんだよ……」

「当然でしょう？　私はあなたの妻。どこで働いているのか、逐一知っておく必要があるわ」

「ねぇよそんなもん！」

カグヤは理解不能と言った表情で、首を傾げていた。

俺、間違ったこと言ってるのかな。

「……街中で魔族が事件を起こしてるらしい。その捜査に追われて、兵士の数が足りなくなってるんだ。東門はいつでも基本暇だから、南門の応援に行かされたんだよ」

「なるほど、そういうことだったのね」

「分かったら、ちゃっちゃと事件を解決してくれないか？　勇者様。一応それが仕事だろ？」

「嫌よ」

「……え？」

まさか拒否が飛んでくるとは思っておらず、呆気に取られてしまった。

「だって、あまり面白くなさそうなんだもの」

「……」

当たり前のように言っているが、本当にこいつは勇者なのだろうか。使命とか関係ないじゃん、もう。

「でも、あなたと一緒に捜査できるなら、協力してあげてもいいわ。ふふっ、初めての共同作業ね、アナタ」

「や、やめろ……！」

あのカグヤから〝アナタ〟とか言われたら、好きになっちゃうだろ。

こっちはシャルたそ一筋で生きてきたのに……！

ちなみに、ゲームではカグヤルートもしっかり周回しております。シナリオがいいんだよね。でも浮気じゃないから。

「そもそも俺は街の警備担当じゃないから、捜査には加わらない。ほとぼりが冷めるまで、南門で激務に追われているだけだ」

「あら……あなたほどの人を門兵にしておくなんて、あの騎士団長さんは相変わらず何をやっているのかしら？　もしかして無能なの？　脳みそにカビでも生えているのかしら」

カグヤがぷんすこしながら、毒舌をまき散らし始める。

俺がひたすら断っているだけで、エルダさんはちっとも無能ではないのだが、ここで庇うとカグヤがまた面倒臭くなりそうだから、口を閉じておく。

「――おい、新入り」

俺たちがそんな話をしていると、持ち場のほうからクロウ先輩が歩いてきた。

いけ好かないこいつと話すのは苦痛でしかないが、仕方なく対応することにする。

「ど、どうかしましたか？」

「第一騎士団長がお前をお呼びだ」

――またかよ。

エルダさん、今度はなんの用だろう。

「大方、仕事ができなさすぎてクビでも宣告されるんじゃないか？　ざまあない――――って……」

クロウ先輩の視線が、俺の隣にいたカグヤへと集中する。

「まさかこんなところで君のような美女と出会えるなんて……オレはクロウ。君の名前を聞かせてもらえないかな？」

彼はすぐにモードチェンジすると、カグヤに対して握手を求めた。

カグヤは首を傾げたあと、その握手に応じる。

「カグヤよ。悪いけど、ナンパなら間に合ってるわ。私にはもう素敵な旦那様がいるから」

「カグヤって……まさか」

カグヤに手を握られたクロウ先輩は、その肩をビクッと跳ねさせる。

そして恐る恐ると言った様子で、カグヤの顔を覗き込んだ。

途端、クロウ先輩はヒュっと息を吸い、顔を青くした。

まあ、当然の反応だな。まさかこんなところに特級勇者がいるだなんて、誰も思わないし。

「こ、これは失礼しました……で……では……」

冷や汗をダラダラとかきながら、クロウ先輩は背を向けて走り去っていった。

あの女たらしを撃退してしまうとは。カグヤ、恐るべし。

「ブドウみたいな顔色だったわね、彼。面白い人」

「元々嫌いなやつだけど……ちょっと同情しちまったよ」

相手はちゃんと選んだほうがいいぞ、クロウ先輩。

「それで、頭にカビの生えた騎士団長様が、アナタを呼んでいるようだけど……」

「それ、エルダさんの前で絶対言うなよ。二人の喧嘩の仲裁役だけは御免だぞ」

「あら、知らないの？　争いっていうのは、同じレベルの者同士でしか生まれないのよ」

「俺からすれば、どっちも同じバケモノレベルだっつーの……」

「まあ、アナタとなら喧嘩できるかもしれないわね。世界を揺るがす夫婦喧嘩、してみる？」

「最悪のお誘いだよ……」

それならまだ、エルダさんのところに逃げ込んだほうがマシかもしれない。

たとえ、それで騎士団に入ることになったとしても、こいつと正面から戦うことになるよりはいい。

「はぁ……ひとまず、上司に呼び出された以上、行かないって選択肢はない。俺は今から騎士団本部に向かうから、カグヤはもう帰れ」

「嫌よ」

「なんでだよ⁉」

思わず大きな声が出た。

どこまで強情なのだろう、こいつは。

「夫が他の女のところへ行くのに、黙って送り出せるわけがないでしょう？　当然、私もついて行くわ」

「意味ねぇだろ……それ」

「意味ならあるわ。だって、面白そうなんだもの」

そう言いながら、カグヤは微笑みを浮かべた。

レベルをカンストした顔から放たれる笑みは、俺の心を強く惹きつけるのと同時に、これから始まる新たな波乱の幕開けを匂わせていた。

◇◆◇◆◇◆

「……どうしてその女がいるんだ?」

エルダさんのもとを訪ねた俺は、小さくため息をついた。

俺の隣には、宣言通りカグヤがいた。

「あら、私がどこで何をしていようが、あなたには関係のないことでしょう?」

そう言いながら、カグヤはこれ見よがしに俺の腕に抱きついてくる。

柔らかな感触が、俺の理性を蹂躙する。この女に近づくとろくなことがないと分かっているのに、本能が抗えない。オタクとは本当に難儀な生物である。

「離れろ貴様ら! ふ、不埒《ふらち》だぞ!」

「あらまあ、ただ身を寄せているだけよ? 決して不埒な行為ではないわ。ね、アナタ」

エルダさんの反応で気をよくしたのか、カグヤはさらに身を寄せてくる。

冷静になるのだ、シルヴァ。こいつは人が動揺しているのを見るのが好きな、真正のドS。狼狽《うろた》えれば狼狽えるほど、カグヤを喜ばせるだけなのだ。

「……そうですよ、騎士団長。俺たちはただ身を寄せているだけ。問題になるような行いではありません」

「鼻血出てるわよ」

「おっと……」

――体は正直だったか。

「いいから離れろ！　これから真面目な話をするんだ！」

「相変わらずお堅いわね、騎士団長さんは……」

カグヤが俺から離れる。

これは決してエルダさんの意思を汲んだわけではなく、こうしていることに飽きたというだけだろう。この世界に生きる者の中で、カグヤは誰よりも気まぐれなのだ。

「はぁ……シルヴァ、貴様はもう少し付き合う友人を選んだほうがいいぞ」

「き、気を付けます」

俺はカグヤのことを好意的に思っているが、友人とは思っていない。その理由は単に俺がオタクという立場にいるからに他ならないが、この距離感を見たら、親しい関係に思われてしまうのは仕方がない。むしろ距離を取りたいと思っていると言っても、誰も信じてくれないんだろうな……。


「……早速だが、本題に入らせてもらう」

エルダさんがそう切り出すと、ピリッとした空気が辺りを満たした。

「ここ最近、街の中で起きている事件については知っているな」

「はい〝吸血鬼〟の話ですよね」

〝吸血鬼〟とは、巷で起きている魔族事件における犯人の通称である。被害者は二人。どちらも血を失った状態で発見されたため、その通称で呼ばれるようになった。

「おそらくだが〝ブラッドバット〟から進化した魔族だろう。この辺りで吸血能力を持つ魔物は、ブラッドバットだけだ」

魔物の進化形である魔族は、魔物のときの習性をある程度引き継ぐことが分かっている。俺もこの事件は、ブラッドバットから進化した魔族が起こしているもので間違いないと思う。

この事件は、ブレアス本編のイベントにないものだ。

チュートリアル中の会話で軽く触れられた程度の事件のため、俺も詳細は知らない。

つまり、メインキャラたちが奮闘することなく、あっさり解決した事件ということだ。魔族が討伐されるのも、時間の問題だろう。

「人の生活に紛れ込んでいることから、魔族のレベルは3以上と推定される。連日の捜査でほとんど尻尾を見せないことも考えると、かなり厄介な相手と見ていいだろう。故にひとグループにひとり、二級以上の勇者をつけている」

妥当な判断だと思う。騎士十人程度では、レベル3の魔族は相手にできない。二級勇者が入って、ようやくトントンといった具合だ。

しかし、二級以上の勇者の数は、かなり限られている。自由に動ける勇者が少ないため、捜査部隊の数も減らさなければならない。捜査が難航するのも無理はない。

「……そこでシルヴァ、貴様の出番というわけだ」

「……魔族探しのノウハウなんてありませんが」

「構わん。とにかく人手が足りないのだ。単独行動でもいいから、捜査に加わってくれ」

「単独行動って……」

騎士団でも見つけられない敵を、ひとりで探してどうこうできるとは思えない。

まさか、何かと口実をつけて、また俺を騎士団に引き込もうとしているのか？

「なんだ、その疑いの目は」

「いえ……先に聞いておきたいのですが、やましい気持ちはないんですよね？　純粋に手が足りなくて、俺に指示を出しているんですよね？」

「あ、当たり前だ！　別に私は、これで貴様が活躍して周りからの評価も上がって騎士団に勧誘しやすくする〝外堀埋め大作戦〟を決行しているわけではないぞ！」

「全部言ってんじゃねぇか」

油断も隙もねぇな。

ただ、これが命令なら断ることはできない。

どうせ単独行動が許されるなら、だらだらパトロールでもしていればいいわけだから、今の南門の仕事よりは楽になるはず。

正真正銘の給料泥棒として、甘い蜜を啜《すす》るのも悪くないか……どうせ間もなく解決する事件だし。

「……分かりました。引き受けます」

「よく言ってくれた！　貴様のような忠実な部下がいてくれて嬉しいぞ！」

エルダさんニッコニコで草。

しかし、これで万が一にも魔族と鉢合わせてしまったときはどうするか。

――――討伐するしかねぇよな。

俺が介入したことで、もしかするとこの事件が本編に影響を及ぼす可能性がある。

鉢合わせたときは、その場で討伐して、本編通りあっさり解決という形にすべきだろう。俺の評価が上がってしまうことについては、あとで考えればいい。

「シルヴァが参加するなら、私も参加するわ」

これで話は終わりと思われたそのとき、カグヤがそんな風に言い出した。

「……貴様が、この吸血鬼の事件に参加するというのか？」

「ええ、勇者としての責務を果たそうと思って」

「それは……特級が加わってくれるのであれば、こちらとしてはありがたいが」

「ただし――――」

カグヤは再び俺の腕に抱きついてくる。

目を丸くする俺たちをよそに、カグヤは言葉を続けた。

「私はシルヴァと行動するわ。だって、ひとりなんて可哀想だもの」

「ま、待てカグヤ……！　それでは私の〝外堀埋め大作戦〟に支障が出る！」

「知らないわ、そんなの。私はシルヴァと一緒にいたいだけ。彼と一緒なら事件解決に協力してもいいけど、そうじゃないなら関わるつもりはないわ」

「ぐぬぬ……」

「まあ、あなたが首を縦に振らなくても、私は勝手にシルヴァについていくけど。どうせ結果が同じなら、協力を仰いでおいたほうが得ではないかしら？」

そう言いながら、カグヤは恍惚とした笑みを浮かべていた。

きっとエルダさんの悶々とした顔を見て、己の欲を満たしているのだろう。

ああ、なんとも性格の悪い女だ。しかし、俺のオタクの部分が、この〝カグヤらしさ〟に興奮を覚えてしまっている。そうそう、この表情なんだよなぁ。

「……分かった。それでいい」

「賢い人は嫌いじゃないわ」

「貴様が正義感に目覚め、他の部隊を率いてくれたほうが、事件解決は早まると思うのだが」

「いやよ、そんなの。だって面白くないもの」

「身勝手なやつめ……！」

俺にとっては、どっちもどっちですけどね。

「とにかく！　シルヴァ、まずは捜査会議に出席し、詳しい捜査状況と担当エリアを把握してこい」

「え……単独で捜査するなら、別に出席の必要もないんじゃ……」

「上司命令だ」

「…………チッ」

「舌打ちするなぁ！　上司の前でぇ！」

そう叫びながら、エルダさんは机をバシバシと叩いた。

第五章◆モブ兵士、追いかける

――――厄介なことになったたな。

俺はご機嫌な様子のカグヤを一瞥し、ため息をついた。

楽ができると思いきや、予想以上に厄介な仕事だった。特に他の捜査部隊と情報をすり合わせないといけないのが辛い。これでは単独で動こうとする俺が、悪目立ちしてしまう。こんなことになるなら、他の連中の部隊に加えられたほうが、まだマシだった。

しかしその点、カグヤがいてくれるのは都合がいい。

おかげで、俺はカグヤのサポーターとして動くことができる。あくまで単独で動くのは勇者《カグヤ》であり、俺はそれについて行くだけ――――というていにしてしまおう。

「楽しみね、初めての共同作業」

「だから、その言い方やめろ……！」

「でも、嬉しいでしょ？　私みたいな美女と働けて」

「うぐっ……」

カグヤが体を寄せてくる。

俺が言葉に詰まっているところを見ると、彼女はくすくすと笑った。

「シルヴァはやっぱり素直で可愛いわ。私のペットにならない？」

「ぜひっ――――じゃなかった、そういう冗談はやめてくれ」

「ふふっ、冗談だと思う？」

「だとしたら、なおさらよくないわ……！」

俺のツッコミが、騎士団本部の廊下に響く。

「……とりあえず、今から会議に参加するから、お前は大人しくしててくれよ」

「仕方ないわね。妻は夫の半歩後ろを歩くものって聞いたし」

「それを言うなら三歩だろ……」

近いわ、普通に。


俺たちは、エルダさんに指定された会議室にたどり着いた。

少し緊張しながら、俺は扉を開けて中に入る。

「し、失礼します……」

部屋には、何人もの騎士や兵士が集まっていた。

あとから入ってきた俺たちは、当然注目の的になる。

「誰だあいつ……」

「兵士だよな？　どこのやつだ？」

「おい……あいつの後ろにいるのって」

カグヤが部屋に入った途端、この場にいる者たちは騒然とした。

まさか特級勇者が今回の事件に関わるだなんて、夢にも思っていなかったのだろう。

「ここ、座っていいのかしら」

「は、はい！　もちろん……」

「ありがとう、失礼するわ」

カグヤと共に、空いていた席に腰かける。

急に話しかけられた兵士は、動揺しすぎてしまったのか、カグヤから視線を外せなくなっていた。

「ふふっ、目立ってるわね、私たち」

「目立ってるのはお前だけだよ……」

カグヤだけ、だよな？

「そ、それでは……全員揃ったようなので、これより〝吸血鬼〟の捜査会議を始める！」

司会役の騎士が、俺たちに向かって告げた。

なんだか、刑事ドラマの捜査会議みたいだ。ちょっとだけワクワクする。

「まずは現状を整理する。被害者は二十代女性が二名、それから六歳の少女が一名の、計三名だ」

そんな話を聞いて、俺はすぐに気を引き締める。

浮かれている場合じゃない。ここはゲームの世界ではなく、もはや現実なのだ。

事件が起きれば、被害者が出る。その被害者にも、ちゃんと人生がある。

ゲームとは違い、この世界はネームドキャラを中心に回っているわけではないのだ。

「二人の女性は命を落としてしまったが、幸い、少女は懸命な治療で一命を取り留め、今は療養中だ」

追加で伝えられた情報を聞いて、俺はわずかに安心した。

亡くなった女性は心の底から気の毒に思うが、少なくとも、生存者がいることは喜ぶべきことだ。

「三人が発見されたのは、王都の南部である。ただこれはすでに三日前に起きた事件の情報であり、すでに魔族が他の区域に逃げている可能性がある。捜査の手は、王都全域に伸ばさなければならない」

騎士の数が増え、魔族も動きづらくなっているはず。

他の区域に逃げている可能性は、かなり高いだろう。

「本日より、捜査範囲を大幅に広げる。それから、犯人を夜行性のブラッドバット種と推定し、活動時間を夜に絞る。以上、現状について質問はあるか？　……ないようなら、担当エリア分けに移るぞ」

それから俺たちは、司会を務める騎士によって、東門周辺の捜査を担当することになった。

「では、早速今晩より捜査に入る。皆、心してかかるように」

そんな指示と共に、会議は終了した。

真面目な雰囲気に少し疲れてしまったが、やる気を出すには十分な刺激だった。

俺たちが見つけられるとも思えないが、できることはやろう。

「アナタ、お客様が来たわよ」

「え?」

突然カグヤに肩を叩かれ、俺は顔を上げる。

すると、ギラついた目をしている大柄の騎士が、俺を見下ろしていた。

「えっと……」

「貴様、所属は」

「東門警備兵団ですが……」

「そんな兵士を特級勇者につけるだと……?　エルダ騎士団長は何を考えておられるのだ」

騎士たちがざわつき始める。

自分で言うのもなんだが、気持ちは分かる。己の部隊に同行する勇者が、魔族の討伐に成功すれば、騎士団での昇進材料になる。彼らは、事件の解決に関わったという手柄がほしいのだ。

しかし、皆がそうして同じ条件下で競い合っている中、突然〝最強〟を引き連れた下っ端が現れたらどう思うだろう。俺なら多分、不満を言いたくなる。

「……騎士団長の意向は理解できぬ。これではあまりにも非効率だ。カグヤ殿、我々の部隊に入ってはくれぬだろうか?」

そう来たか――と言いたいのは、俺ではなく、他の部隊の人たちだろう。

カグヤを部隊に引き入れ、確実に魔族を討伐する。もしこの頼みをカグヤが聞き入れれば、この大柄の男がいる部隊が圧倒的に有利になる。

「私に決定権はないわ。私に協力してほしいなら、彼に許可を取って？」

――――この野郎。

俺が睨んでも、カグヤはどこ吹く風といった様子。

面倒な事態にしてくれたもんだ。

「……門兵、貴様には荷が重いだろう。今すぐこの事件から降りるがいい」

「あはは……それはちょっと……」

俺だって、できることなら降りてしまいたい。

しかし、エルダさんの許可なく捜査から外れるようなことをすれば、あとでどんなペナルティを課してくるか分かったもんじゃない。それにさっきから、カグヤが俺の脇腹をつねっている。ここで引き下がったら、果たして俺の脇腹は無事で済むのだろうか？

「身の程を弁えろ、下っ端。まさか、兵士ごときが騎士である我々に逆らうというのか？」

「……俺は第一騎士団長の指示を受けてここにいます。勝手な行動は許されていません。強引な命令が目立つようなら、あなたのことを彼女に報告させていただきますよ」

「やかましい！　我々は第二騎士団だ！　第一騎士団なぞ知ったことか！」

おっと、これはまずい挑発をしてしまった。

第一騎士団と第二騎士団は、かなりバチバチなライバル関係だった。

彼らが第二騎士団とは知らなかったとはいえ、これではむしろ煽る結果になってしまう。

「は、班長……！　それはさすがに――――」

「馬鹿者！　第二騎士団たるもの！　第一騎士団に後れを取るわけにはいかぬのだ！　たとえ力尽くでも、貴様らに手柄は渡さん……！」

部下の制止を無視して、班長と呼ばれた男が俺に掴みかかってくる。

俺を負傷させることで、この事件の捜査から外すつもりなのだ。

もしや、これを甘んじて受けることで、俺は誰からも責められることなくこの件から降りることができるのではないか？

そう思った矢先、俺の背後にいたカグヤが、班長に向かって手を伸ばしているのが見えた。

「馬鹿っ！　やめ――――」

俺が叫んだのも束の間、班長は真横に吹き飛び、そばにあった壁にめり込んだ。

「がっ……な、何が……」

突然のことに混乱した班長は、そのまま白目を剥いて気絶してしまう。

慌てて救出しようとする部下たちを眺めながら、カグヤは楽しげな笑みを浮かべていた。

「特級勇者である私の夫に手を上げようだなんて……決して許すわけにはいかないわ。今後、彼のバックには私がいると思って接してね？」

そう言いながら、カグヤは俺の腕に抱きついた。

騎士たちは、そんな俺たちを青ざめた顔で見ている。

――――青ざめたいのはこっちだよ。

モブキャラごときが、こんなに目立っていいはずがない。

いたたまれなくなった俺は、カグヤを連れてそそくさと会議室をあとにした。

「急に〝魔術〟を使うなよ……心臓に悪い」

騎士団本部を出た俺たちは、夕暮れの中を歩いていた。

日が完全に沈んだら、捜査を開始する。それまでに、俺たちは捜査エリアにいなければならない。

「だってあの男、アナタに手を出そうとしたのよ？　妻として、アナタを守るのは当然でしょ？」

「確かに助かったけど、やりすぎだって……」

「あら、私が力加減を誤ると思ってるのかしら」

「……愚問だったな」

特級の名を冠する勇者に、力の使い方を問うなんて、とんだ身の程知らずだ。

〝魔術〟というのは、魔力の扱いを極めた者に発現する固有の異能である。

勇者として成り上がりたいなら、魔術の習得が必須条件。少なくとも一級以上の勇者は、ほとんど魔術の習得に至っている。

ちなみにゲーム内の主人公《アレン》は、複数の魔術を習得できる特異な存在という設定なのだが、この世界では果たしてどうなのだろうか……。

「アナタは疑っているかもしれないけど、私がアナタを愛しているのは本当よ？　からかったらいい反応してくれるところも、世話焼きなところも……内に秘めた、底知れない強さも、全部大好き」

「……」

カグヤの妖しい笑みを見ていると、すべてを見透かされているような気分になる。

前世の俺は、二次元に恋をするような男だった。彼女なんていたためしがないし、告白されるどころか、自分からする勇気もない、そんなやつだった。

はっきり言って、舞い上がっている。

しかし、俺の立ち位置が、心の底から喜ぶことを妨げていた。

「シルヴァ、いつかあなたの本気が見たいわ」

「……そんな機会は、一生ないよ」

「ふふっ、それはどうかしらね。覚えておいたほうがいいわよ。〝強さ〟には、それなりの責任が伴うってことをね」

そんな意味深な言葉を残し、カグヤはご機嫌な様子で俺の前を歩く。

――責任、ね。

まったく、嫌な言葉である。

「……そろそろいい頃合いだな」

日が沈んだのを確認して、俺はつぶやく。

「でも、まだまだ街は賑やかよ？　こんな時間に人を襲うかしら。もう少しのんびりしてもいいんじゃない？」

「俺もそうしたいのは山々だけど、先に人目につかないところを調べておいたほうがいいと思う。何かあったときに、すぐに駆けつけられるだろ？」

人目につく場所に姿を現すような馬鹿なら、こんな大規模な捜査は必要ない。

人を襲うときは、必ず暗闇や物陰を狙うはず。そういう場所を把握しておくことは、きっと無駄にならない。

「ふーん……？　まあ、アナタと街を歩けるなら、なんでもいいわ」

「……一応仕事だから、真面目にやってくれよ？」

「もちろんよ。アナタを困らせたくないもの」

こんなに分かりやすい嘘ってあるんだな。逆に感心するよ。

「ま、王都自体めちゃくちゃ広いし、俺たちの管轄に現れるって決まったわけじゃないさ。気張りすぎずにいこう」

そうして俺は、カグヤを連れて街の探索を始めた。

周囲を見回しながら歩いていると、この世界がブレイブ・オブ・アスタリスクの世界であることを実感する。建物や、オブジェクト、そのどれもが見覚えあるものだった。

「……今夜は月が綺麗ね」

そばを歩いていたカグヤが、突然そんなことを言い出した。

元日本人として、その詩的な言葉に心臓が跳ねる。しかしここは異世界。〝月が綺麗〟という言葉に、他意はない。

「ほら、アナタも思わない？」

「……確かに、そうだな」

夜空を見上げれば、そこには丸い月が浮かんでいる。

実はこの世界の月は、膨大な魔力によって形成されている。月の光とは、月自体から漏れ出た魔力なのだ。

それなのに、現実世界の地球から見る月となんら変わりないのは、なんだか不思議だ。

「で、急にどうしたんだよ」

「ふふっ……ねぇ、アナタ。私がもし、月から生まれたって言ったら、アナタは信じてくれる？」

「ああ、信じるよ」

「……え？」

俺が即答するものだから、カグヤは目を丸くしてしまった。

してやったりと思いつつ、わずかな罪悪感を覚える。

公式設定を知っている俺は、カグヤの正体を知っている。

国が秘密裏に行った月の魔力を集める実験の際、器という名の実験体として選ばれたのが、当時幼かったカグヤである。

月の魔力に適応したことで、彼女は〝最強〟に成った。

だから、彼女が月から生まれたというのも、あながち間違いではないのだ。

ゲームのカグヤルートでは、アレンが実際に「月から舞い降りた姫」と例えている。幻想的な美しさを持つ彼女には、相応しい表現だと思った。

「……疑わないのね、私のこと」

「まあな。だって、お前が月から来たって思ったほうが、なんかロマンチックだろ？」

「ロマンチック……ふーん、そういう風に思ってくれるのね」

カグヤは珍しく頬を赤らめると、顔を逸らしてしまった。

初めて優位に立てたことで、俺は大いに喜んだ。

「あらら、珍しく照れてるじゃないですか」

「そうやって妻をいじめるのね……これがモラハラ？」

「妻じゃねぇし、意味も間違ってるし」

そうして俺がツッコミを入れた直後、カグヤは真剣な顔つきになった。

「────シルヴァ、少し止まって」

突然、カグヤが俺に向かってそう指示した。

大人しく足を止めると、かすかな生臭さを感じた。

「……なんだ、この臭い」

「私、知ってるわ。薄汚い、魔族の臭いよ」

カグヤがそうつぶやいた瞬間、どこからともなく悲鳴が聞こえてきた。

まだ日が落ちてからそんなに時間が経っていないのに、もう動き出すなんて……。しかも、よりにもよって俺たちの管轄とは――――。

不意を突かれた俺は、悲鳴の方向へ走る。

薄暗い路地を抜けると、そこには倒れ伏した女性がいた。

「大丈夫ですか⁉」

近寄ってみると、その首には二つの穴が開いていた。

おそらく魔族に噛みつかれた痕だろう。女性の顔はまるで死人のように蒼白だが、かろうじて息をしていた。俺たちの気配に気づき、途中で〝食事〟をやめたのかもしれない。

「……カグヤ、この人を診療所へ運んでくれ。お前のほうが速いだろ？」

「それはいいけど、ひとりで大丈夫？」

「ああ、まあなんとかなるさ」

俺は魔力強化を使い、身体能力を上げる。

そして地面が割れるほどの勢いで天高く跳び上がり、周囲を見回した。

「――――見つけた」

魔力強化によって、視力も大幅に上がっている。そのおかげで、街のはずれに逃げようとしている怪しい影を見つけることができた。

俺は建物の屋根に着地すると、再び全力で跳ぶ。

「逃がすかよ……！」

建物の上を駆け抜け、俺は魔族を追いかける。

そしてついに、やつの姿を完全に捉えることに成功した。

黒いローブを身に纏《まと》っているため、容姿は分からない。しかし、あのとき感じた妙な生臭さが、やつを魔族だと示している。

魔族は俺が追ってきていることに気づいたようで、急激に走る速度を上げた。

――見失ったらまずい……！

俺も同じく速度を上げる。

すると魔族は、俺に向かって何かを飛ばしてきた。

「っ⁉」

それは無数の〝ブラッドバット〟だった。

おそらく魔族の能力によって、眷属《けんぞく》化されているのだろう。

統率された動きで、俺の視界を妨害するように動いている。

「くそっ、しゃらくさいな……！」

俺は魔力を込めながら、剣を抜き放つ。

そして踏み込むと同時に、剣先をブラッドバットの群れに突き込んだ。

「ゼレンシア流剣術……！　〝野突《やとつ》〟！」

俺の突きによって生まれた衝撃が、ブラッドバットを吹き飛ばす。

視界が開けた。まだ魔族との距離はそう離れていない。

――――追いつける。

そう確信した、次の瞬間。

俺は、魔族が人を抱えていることに気づいた。

「た、助けてくれぇぇぇ！」

「なっ……!?」

俺の視界が塞がった一瞬を利用して、通行人を捕らえたのだ。

魔族はこちらの様子を窺いながら、人質の首に手を添える。追ってきたら殺すとでも言いたげに。とっさのことで、思わず足を止める。それを見た魔族がニヤリと笑った気がした。このままでは、魔族を完全に見失ってしまう。――――やむを得ない。

「一か八かだな」

俺は再び剣に魔力を込める。

そして大きく振りかぶり、背を向けている魔族へ、全力で投擲《とうてき》した。

「……っ!?」

この距離では、俺に攻撃手段がないと思っていたのだろう。反応が遅れた魔族は、人質を盾にすらできず、俺の剣によって脇腹を深く抉《えぐ》られた。

「ひっ……！」

魔族が人質を落とした。

チャンス……そう言いたいところだが、吹き飛ばしたブラッドバットが、再び俺の視界を塞ぐ。

これ以上は追跡できない――そう判断した俺は、横に跳んでブラッドバットの群れから逃れる。

ブラッドバットは俺を追撃することもなく、夜空に溶けるように消えていった。

魔族の姿は、もうどこにもない。

人質の安否も確認しなければならないし、深追いも危険。

ここは諦めるほかなさそうだ。

「はぁ……まあ、最低限か」

しかし、手がかりがゼロというわけではない。

俺は急いで人質へ駆け寄る。そのそばには、数滴の血液と、魔族が着ていたローブの切れ端が落ちていた。


「あら、狩人様が手ぶらでご帰還？」

「悪かったよ……しくじった」

診療所にたどり着いた俺は、外で待っていたカグヤと合流した。

人質は、目立った外傷もなく無事だったため、そのまま家に帰した。一般人を危険な目に遭わせたのは、俺の落ち度だ。やむを得なかったとはいえ、ひとりで追ったのがそもそもの間違い。カグヤと連携していれば、今頃やつを捕らえられていた。

やはりここは現実だ。ゲームのように上手くいくわけがなかった。

「アナタで見失うのであれば、きっと誰が追っても駄目だった。気にすることはないと思うわ。それに……本当に手ぶらってわけじゃないでしょ？」

「ああ、一応手掛かりになると思って……」

そう言いながら、俺は魔族の着ていたローブの切れ端と、血を拭きとったハンカチを見せた。

「今回は逃がしたけど、次は必ず捕まえてやる……」

「ふふっ、やる気になったアナタも素敵よ？」

「あ、いや……」

取り逃がした悔しさから、自分でも無意識のうちにムキになっていた。

反省反省。別に俺が討伐しなくたって、この事件は必ず解決する。

改めて、出しゃばりすぎないように気をつけねば――。

「それで、あの女の人は？」

「一命は取り留めたみたいよ。造血薬が効いたみたい」

「そうか……よかった」

新たな死者が出なかったことに、ひとまず胸を撫で下ろす。

「診療所から騎士団に連絡が行ったわ。もうすぐ他の騎士たちが集まってくると思う」

「分かった。……まずは報告からだな」

そうして俺たちは、他の捜査部隊の到着を待つことにした。


集まってきた騎士に状況を説明し、魔族が逃げた方角を中心に捜査を続けた。

しかし、一晩中探しても、魔族の痕跡すら見つけることができなかった。俺がつけた傷も浅かったようで、他の場所で血痕が見つかることもなく……。

結局、進展がないまま夜が明けてしまい、俺たちは一度休むことになった。

「はぁ……とりあえず帰って寝るか」

「そうね。帰りましょう、私たちの愛の巣へ」

「おいおい、お茶目だなぁカグヤは。俺の家はお前の家じゃないぞ？」

「あら、つれないことを言うのね。妻は悲しいわ」

「妻じゃねぇだろ……！」

そんなやり取りをしながら、俺は兵士用の宿舎へと戻った。

ちなみに、カグヤは本当に俺の部屋までついてきた。特級勇者を追い出すなんて真似ができるはずもなく、俺がベッドを彼女に明け渡す羽目になったのは、言うまでもない。

第六章◆モブ兵士、挟まれる

「夜更かしって、なんだか悪いことをしている気分にならない？」

次の夜。再び東門の周辺に来ると、カグヤがそんなことを言い出した。

「気持ちは分かるけど……急にどうしたんだよ」

「昨日気づいたのよ。皆が寝静まったあとの世界を飛ぶのは、すごく気持ちのいいことだって」

「確かにそれは気持ちよさそうだけど……深夜にラーメンを食うときの快感と背徳感も負けてないぞ」

「ラーメン？」

「今度作ってやるよ。俺の大好物だ」

「へぇ、それは楽しみね」

――さて、そんな雑談をしているうちに、捜査を開始する時間がやってきた。

全体の捜査方針については変わっていない。昨日と同じように、担当区域の巡回を行い、魔族出現に備える。

昨日、女性の血を吸いきれなかった魔族は、腹を空かせている。

必ずまた、どこかで人を襲うはずだ。

「それで、今日はどう捜すの？　昨日と同じ？」

「いや、せっかく手がかりを掴んだから、それを使う」

そう言って、俺は昨日拾ったローブの切れ端を取り出した。

「これがあれば、犯人を追うことができる」

「あら、何か策があるみたいね」

「ああ……ってことでカグヤ、嗅いでくれ」

「……え？」

「昨日言ってただろ？　生臭いって。だからこいつの臭いを追えば、魔族にたどり着けるかもしれない」

「それで、どうして私に頼るの？」

「……鼻が利きそうだなって思って」

「……確かに私は、比較的臭いには敏感よ。昔からそうなの。……でも、さすがに人探しができるほどじゃないわ」

「……」

――しまった、早くも作戦が潰れてしまった。

「私のこと、犬か何かだと思ってたのね。……いいわ、アナタが犬になれと言うなら、私はそれに全力で応える。それが妻の役目だもの」

そう言いながら、カグヤは俺の目の前で四つん這いになった。

周囲の視線が、これでもかと俺たちに突き刺さる。

「アナタのためなら、はしたなく地べたを這うことだって、靴を舐めることだってできるわ。それに、ちょっと恥ずかしいけれど、この場で脱ぐことだって——」

「やめろ……！　俺が悪かった！」

「あら、残念」

肩を竦めながら、カグヤは立ち上がる。

その様子は、本当にどこか残念そうだった。

「とっておきの作戦はこれで終わり？」

「……次はしらみ潰し作戦だ」

「そういうのは、作戦って言わないのよ」

仕方なく、昨日と同じように巡回を始める。


それから、二時間ほどが経過した。

「……平和そのものだな」

何も起きない街をあてどもなく歩きながら、俺はつぶやく。

一向に見つかる気配がない状況に、歯痒さを覚えていた。

これでは昨日から何も変わっていない。なんとか次の被害者が出る前に追い詰めたいが、こうも手がかりが役に立たないと、とにかくやりようがない。

「そもそも思うんだけど、昨日この辺りで〝食事〟に失敗したのだから、もう別のエリアに移動した可能性のほうが高いわよね？　それなら私たちも移動したほうがいいんじゃないかしら」

「そうしたいのは山々だけど、騎士団の連中は決められたことに関してはめっぽう厳しい。仮に俺たちが許可なく捜査場所を変えたら、元々そのエリアを担当していたやつらのことを信頼してないってことになる」

「……そうよ？」

「思ってても言っちゃ駄目なんだよ、そういうことは。……とにかく、騎士サマの機嫌を損ねるのはまずいんだ。俺たちは、大人しく言われたことをやっていればいい」

「でも、このままじゃ何も面白くないわ。私が癇癪《かんしゃく》起こしてもいいの？」

「頼むから、それだけはやめてくれ」

カグヤが暴れ出したら、魔族なんて比じゃないレベルの被害が出る。

冗談とはいえ、想像すらしたくない。

ただ、カグヤが本当に飽きてしまうのも時間の問題。彼女がいなくなれば、俺一人で捜査を続ける羽目になる。それではエルダさんの思う壺。徐々に外堀から埋められてしまう。

「……仕方ない、交渉してみるか」

「ふふっ、我儘《わがまま》を聞いてくれて嬉しいわ。それでこそ私の夫ね」

「都合よく言いやがって……」

魔族が移動している可能性を伝えて、別エリアの巡回に混ぜてもらえるよう交渉してみるしかない。

　そう思って、俺たちは東門周辺をあとにしようとした。

「……シルヴァ？」

　刹那、聞き覚えのある声がして、俺は振り返る。

　そこには、我が最推しキャラであるシャルたそが立っていた。

「よかった、見つけた」

　そう言いながら、シャルたそは俺たちに歩み寄ってくる。

「あら、どなた？」

　俺に問いかけるカグヤの顔は、どこかムッとしているようにも見えた。

　さて、なんと説明したものか……。

「私はシャルル＝オーロランド……シルヴァの友達」

「友達……ふーん？　私はカグヤよ」

「カグヤ、まさか、あの特級勇者の？」

「あら、知ってくれてるのね」

「勇者を目指す者で、あなたの名前を知らない者はいない」

「へぇ、あなた勇者を目指してるのね……なかなか見込みがありそうだわ」

「カグヤにそう言ってもらえるなんて、とても光栄」

——すごいな、シャルたそ。

勇者候補からしたら、カグヤは遥か高みにいる存在。にもかかわらず、シャルたそはまったく物怖じしている様子を見せない。

ゲームで仲間になる際は、基本アレンを挟む形になっていたから、この二人のやり取りは結構レアイベントなんじゃないか？

「それで、あなたはシルヴァの何？」

「妻よ。儚くも美しい、世界で一番美しい妻」

「妻？　シルヴァは独身じゃなかったの？」

俺に対して、シャルたそが鋭い視線を向けてくる。

何故だ。仮に俺が既婚だったとしても、睨むようなことは何もないはず……。

「シルヴァ、説明してほしい。私が冷静でいるうちに」

「つ、妻って言うのは、こいつが勝手にそう主張してるだけだ……！　本当はただの友人で、今はビジネスパートナーだ」

「ビジネスパートナー？」

「うーん……どこから説明したもんか」

しばし悩んだあと、俺は今起きている事件について説明することにした。

外部の者にすべてを話すのはいかがなものかと一瞬迷ったが、シャルたそには、この状況にぴったりの〝能力〟がある。魔族発見をシャルたその功績にできれば、きっとその将来のためになる。

「〝吸血鬼〟の事件なら、学園でも噂になってる。私もぜひ協力したい」

「あら、何ができるの？　シルヴァのお友達」

「わざわざそこを主張する意味が分からない……」

不満をあらわにしつつも、シャルたそは問いに答えるべく、両手を打ち鳴らした。

「〝主は来ませり、今こそ顕現《けんげん》せよ〟――――〝フェンリルヴォルフ〟」

シャルたそのそばに魔法陣が広がり、神々しい光が溢れ出す。

そして光の中から、ゆっくりと一匹の狼が姿を現した。美しい白銀の毛並みを持つ狼は、俺とカグヤを一瞥したあと、シャルたそに頬をすり寄せた。

「面白い魔術ね。召喚系かしら」

「私の〝精霊魔術〟は、契約した精霊をこんな風にいつでも呼び出せる」

そう言いながら、シャルたそは狼の頭を撫でる。

気持ちよさそうだ。とても羨ましい。俺も撫でられたい。

「この子は、狼の精霊フェンリル。私はリルって呼んでる」

「リルか、可愛い名前だな」

もちろん俺は、最初からその名を知っている。

ゲーム内において、シャルたその〝精霊魔術〟は、戦闘でも探索でも高い性能を発揮してくれる。きっとこの世界でも、同じことができるはずだ。

「……わふ」

「ん？」

小さく吠えたリルが、何故か俺のほうへすり寄ってきた。

それを見たシャルたそが、目を丸くする。

「すごい、私以外には全然懐かないのに」

恐る恐る触れてみると、リルは目を細めてますます俺に頭を押しつけてきた。

あまりにも可愛すぎる。感情の昂ぶりに合わせてさらに撫で回すと、リルはついに腹を見せて服従のポーズを取った。

嬉しい反面、プレイヤーとしての俺はとにかく驚いていた。

リルはシャルたそが子供の頃からそばにいる精霊で、彼女を守ることに固執している。アレンでさえ、リルに触れられるようになったのは、シャルたそとの関係がこれ以上ないくらい深まってからだった。

どうして俺に心を開いているのかは分からないが、何はともあれ悪いことではあるまい。

「お腹を見せるなんて、可愛い犬ね」

そう言いながら、カグヤもリルに触れようとする。

その瞬間、リルは素早く起き上がり、カグヤから距離を取った。

「……私を拒絶するなんて、失礼な犬ね」

唸りながら威嚇してくるリルを見て、カグヤはため息をついた。

怒りの発言とは裏腹に、その顔はどこか寂しそうだった。自分だけが嫌われていることに、少なからずショックを受けたのかもしれない。

「これが普通。シルヴァが特別」

シャルたそはリルに歩み寄り、再びその頭を撫でた。

「リルなら、ローブの切れ端から臭いを追跡することくらい簡単。私も必ず役に立てる。だから協力させてほしい」

「こちらこそ、ぜひ協力してほしい」

そう言いながら、俺はローブの切れ端をシャルたそに渡した。

「リル、この臭いを追ってほしい」

「わふ」

切れ端の臭いを嗅いだリルは、顔を上げてどこかへと歩き出した。

どうやら何かを感じ取ったようだ。俺たちは、迷いなく進むリルを追いかける。

「そう言えば……どうしてシャルたそはこんなところに？」

「学園の座学テストで満点を取ったから、シルヴァに褒めてもらおうと思って探してた。一度東門にも行ったんだけど、いなかったから日を改めるつもりだった」

「なるほど……って、座学で満点!?　めちゃくちゃすごいじゃないか！」

「ふふん」

シャルたそは自慢げに胸を張る。

ブレアスの公式ガイドブックによると、勇者学園の授業は質が高いため、成績の評価基準もかなり厳しいらしい。具体的にどれくらい厳しいのかは分からないが、少なくともシャルたそのテスト結果は、称賛されるべきだ。

「むう……私だって勉強くらいできるわ」

頬を膨らませたカグヤが、俺の袖を引く。

「張り合うなよ……お前はもう勇者で、しかも特級なんだから」

「じゃあ私のことも褒めて？　世界で一番綺麗だって」

「はいはい、お前は世界で一番綺麗だよ」

「……その言葉、来世でも忘れないわ」

「反応が重たすぎるよぉ」

俺が冷や汗をかいていると、今度はもう片方の袖をシャルたそに引っ張られた。

「……シルヴァが私以外の人と仲良さそうにしてるのを見ると、なんかムカつく」

「なんでぇ⁉」

推しを怒らせてしまったことに対するショックが、俺の中を駆け抜ける。

愕然としている俺をよそに、シャルたそとカグヤは揃って歩みを速めた。

「お互い苦労しそうね、鈍感さんの相手は」

「同感。まずは意識させるところから始めないと」

「そうね。どう？　しばらく協力する？」

「それは魅力的な相談。今すぐ私たちが競争を始める必要はない」

「じゃあ、同盟成立ね」

俺を除け者にしている間に、二人は話し合いを終えた。

こっちは決して鈍感というわけではなく、意図的に距離を保とうとしているだけなのだが
――いくらそれを主張したところで、聞き入れてはもらえないだろう。

なあ、主人公《アレン》よ。お前はこんな最高のヒロインたちを放って、どこで何をしているというのだ。

これでヒロイン全員幸せにしなかったら、マジでぶった斬ってやる。

「ん……リルが反応した」

突然立ち止まったリルは、何かを確かめるように周囲の臭いを嗅いだ。

そして俺たちに向かって一度吠えたあと、勢いよく走り出した。

「特定できたのかしら？」

「だといいな。とりあえず追いかけよう」

俺たちは、そうしてすぐにリルのあとを追いかけた。


リルが向かった先は廃屋だった。

大きな建物に囲まれ、日の光も届かずただ朽ちていくのを待つばかりだったそれは、不気味なオーラを放っている。

「なかなか趣《おもむき》がある建物ね」

「リル、ここから臭いがするの？」

シャルたそがそう問いかけると、リルはひとつ鼻を鳴らした。

「そうだ」と言ったらしい。

「どうするの？　アナタ。全員で突入する？」

「……いや、中には俺とシャルたそだけで入る。カグヤは外で待機していてほしい」

「その作戦で本当に大丈夫かしら。ひどいことを言うようだけど、それで昨日は取り逃がしたのよ？」

「分かってる。だから、今回は保険をかけたいんだ」

何が待ち受けているか分からない狭い空間に、全員で突っ込むのは危険だ。

臭いを追跡できるリル、リルを使役するシャルたそは、必ず突入しなければならない。そして、
魔族を仕留める人間も必要だ。

その役目は、敵の手の内を知った俺が相応しい。ていうか、絶対に俺がやる。

元はと言えば、俺が取り逃がした相手なのだ。けじめをつけなければならない。

――とはいえ、同じミスをしないとも限らない。だからこそ、保険《カグヤ》が必要なのだ。

魔族を仕留めきれなくても、外に追い出すことができれば、カグヤが必ず仕留めてくれる。

「カグヤの力は、ちょっと派手すぎるしな。屋内戦闘は苦手だろ？」

「私のこと、よく知ってくれているのね。嬉しい、これが愛なの？」

「ちげぇよ」

「アナタの愛に応えるため、指示に従うわ。安心して？　虫の一匹も通さないから」

微笑んだカグヤは、ふわりと浮かび、近くの建物の屋根に着地した。

そして俺たちに向かってひらひらと手を振る。準備万端と言いたいらしい。

「シャルたそは、俺の後ろにぴったりとついて来てくれ。先頭はリルに任せたいんだけど……」

「大丈夫。リルは精霊だから、ちょっとやそっとの攻撃じゃ傷つかない」

「そうか、頼もしいな」

精霊は、本来は実体を持たず、必要に応じて肉体を生成する。

シャルたそによって呼び出されるたび、新しい肉体で顕現するため、本体である魂さえ無事なら何度でも蘇ることが可能だ。

だからと言って、動物がひどい目に遭うのは勘弁願いたいものだが。

「リルも立派な俺たちの仲間だ。むやみに傷つけさせるわけにはいかないよな」

頭を撫でてやると、リルは気持ちよさそうに目を細めた。

こいつとシャルたそには、俺が指一本も触れさせない。そう胸に誓い、俺は剣を抜く。

「じゃあ、行こうか」

そうして俺たちは、廃屋の中に足を踏み入れた。


中は真っ暗で、このままではとても進めそうにない。

「リル、これを咥えてもらえるか？」

俺は火のついたカンテラを、リルへと差し出す。

すると、リルは持ち手の部分を口で咥えてくれた。これで俺の両手は自由になった。

リルの鼻を頼りに、慎重に進んでいく。

すると、急にシャルたそが俺の腕に抱きついてきた。

「え⁉　シャルたそ……？」

「……ごめん、ちょっと怖くなってきた」

そう言いながら、シャルたそは怯えた表情を浮かべていた。

この薄暗さに、どこから敵が出てくるか分からない状況……あくまで勇者候補であり、圧倒的に経験が不足しているシャルたそが怯えるのも無理はない。

「大丈夫。誰が相手でも、シャルたそには指一本触れさせない」

「……シルヴァ」

シャルたそが俺の名をつぶやく。

あまり気の利いたことを言えなくてすまない、シャルたそ。

気休めでも、これで少しは安心してくれるといいのだが……。

「――――わふ」

リルが小さく吠えた。

どうやら臭いのもとが近くにいるらしい。

目の前には、ボロボロの扉があった。

「間違いなくここだな」

顔をしかめながら、俺はそうつぶやいた。

俺でも分かるほどの、血と獣の臭い。間違いなく、ここに魔族がいる。

「シャルたそ、リルと一緒に下がってて」

「……分かった」

俺の手を放し、シャルたそは扉から距離を取る。

深く息を吸ったあと、俺は扉を勢いよく蹴破り、部屋の中へ飛び込んだ。

「シャァァアアアッ！」

「っ！」

そこにいたのは、鋭い牙を生やした異形の化物だった。

髪の毛が抜け切った頭に、まるで飢えに苦しんでいるかのような血走った眼光。ローブから伸びた腕の先には、変形して分厚くなった爪が生えている。

このローブは、取り逃がした魔族が着ていたもので間違いない。

「ふー……」

剣を中段で構え、ゆっくり息を吐く。

相手は魔族、しかもレベル３。油断がそのまま死に直結する。

だからこそ、何事に対しても冷静に、判断を間違えないことを心掛ける。

跳びかかってきた魔族に対し、俺は剣を振る。

一瞬の交差のあと、俺の剣は魔族の腕を肩口から斬り飛ばした。

「ギャァァアア⁉」

悲鳴を上げ、魔族は苦しむ。

思っていたよりも脆い。これなら――。

「ゼレンシア流剣術……！」

床を抉《えぐ》るような軌道で、魔族を斬り上げる。

「〝脱昇《だつしよう》〟！」

魔族の体から、勢いよく血が噴き出す。

うめき声を上げながら崩れ落ちる魔族に対し、俺はとどめを刺すべく心臓に剣を突き立てた。

一瞬大きく痙攣したあと、魔族は動かなくなる。

――なんだ、この違和感は。

不意を突いたとはいえ、あまりにも楽勝すぎる。

偽物……というわけでもなさそうだ。斬った感触がそう言っている。

「……終わった？」

「ああ、なんとかな」

「すごい一撃だった」

「そ、それほどでも……」

シャルたそに褒められて、頬を掻く。俺、本当に生まれ変わってよかった。

しかし、感動している場合ではない。

「……」

「どうしたの？　なんか浮かない顔してる」

「いや、なんというか……手ごたえがなくて」

動かなくなった魔族を見ながら、俺はつぶやく。

間違いなく違和感はあるのに、それがどこから来るものなのか分からない。

この死体を詳しく調べれば、何か分かるだろうか？

「……シルヴァ、今何か物音がしなかった？」

「え？」

シャルたそに言われて、俺は耳を澄ます。

すると、廃屋の中で何かが動いた音が聞こえた。

「……確かに、何かいるな」

「探す？」

「ああ、もしかしたら、もう一体魔族が潜んでいるかもしれない」

再びシャルたそを下がらせ、俺は物音がした方向へ進む。

そこには扉があった。それはまだ風化せず、扉としての機能を保っていた。

扉の前には、真新しい大きな木箱が積んである。配置からして、まるで何かを閉じ込めているような……。

「物音、そこから聞こえる」

「……木箱をどかす。シャルたそはまだ下がってて」

「分かった」

俺は慎重に木箱をどかした。

警戒を強めながら、扉を開け放つ。

「んー！　んー……！」

「……え？」

するとそこには、縄で縛られ、猿轡《さるぐつわ》をつけられた数名の男女の姿があった。

第七章◆モブ兵士、初デートする

「よくやってくれた！　シルヴァ！」

騎士団本部に報告に行くと、エルダさんは満面の笑みで俺を出迎えてくれた。

彼女が上機嫌なのは、もちろん俺が魔族を討伐したからである。

今更だが、あそこにはわざと逃がして、カグヤに仕留めてもらうのが正解だった。

一度取り逃がしたことで、どこかムキになっていたのかもしれない。

「……騎士団長さん？　一応私もいるんだけど」

「チッ……貴様もご苦労だったな、カグヤ」

「ふふっ、光栄だわ」

意地の悪い笑みを浮かべるカグヤに対し、エルダさんは悔しげに顔をしかめた。

結局のところ、今回の件はカグヤと、途中で協力を申し出た勇者候補――シャルル＝オーロランドによって解決したというのが、騎士団全体の認識だった。

俺が討伐したという事実は、こうして直接報告を聞いているエルダさんしか知らない。

「はぁ……まあいい。貴様を出世させる手段なら、まだいくらでもある」

「いや……諦めるって言ってたじゃないですか」

「は、はて……そんなこと言ったかな？」

エルダさんは、すっとぼけた顔で口笛を吹き始めた。

上司なのだから、できれば約束くらい守ってほしいものだ。

「ごほんっ！　と、ともかく！　今回はご苦労だった！　貴様らにはしかるべき報酬を支払わせてもらう」

机の上に置いてあった大きな革袋を、エルダさんは俺たちに差し出した。

受け取って中を覗き込めば、そこには大量の金貨があった。どうりで重いわけである。

「……一応伝えておくが、廃屋で貴様らが見つけた者たちは、全員無事だったぞ。おそらく非常食として捕まっていたんだろうな」

「そうですか……」

俺はホッと胸を撫で下ろす。

魔族に捕まって無事だったのは、まさに奇跡と言っていい。

本当に、間に合ってよかった。

――しかし、本当にこれで終わりなのだろうか？

「あら、どうしたの？　そんな浮かない顔して」

「どうした？　腹でも痛いのか？」

俺が考え込んでいると、カグヤとエルダさんが顔を覗き込んできた。

「あ、いえ……なんでもありません」

「そうか……ひとまず、色々とご苦労だったな。退室していいぞ」

「はい……」

そうして俺たちは、騎士団長室をあとにした。


騎士団本部の廊下を歩いていると、再びカグヤが俺の顔を覗き込んできた。

「何か引っかかることがあるのね」

「……よく分かったな」

「分かるわ。だって夫のことだもの」

そう言いながら、カグヤは微笑んだ。

「結婚した覚えはねぇ……けど、引っかかりがあるのは合ってるよ」

「ふーん……で、それは何かしら」

「うーん、今はまだなんとなくって言うか……考えてる途中っていうか」

思い浮かぶのは、人質の姿だ。

彼らは備蓄として閉じ込められていた。それについては俺も同意見だ。

しかし、妙に引っかかる。

「ふふっ、考え込むアナタも素敵ね」

「からかうなよ……一応真面目に考えてるんだから」

「あら、ごめんなさい。真剣なアナタの横顔が、あまりにも綺麗だったから」

「綺麗……」

そうだ、備蓄にされていた彼らは、薄汚れていてもおかしくないはずだった。

しかし彼らは、あまりにも小綺麗だった。

まるで捕まって間もないかのように――。

これまで襲った人間をその場で吸血していた魔族が、どうして備蓄するようになったのか。

俺たちに食事を邪魔されたことで、急遽スタイルを変えたのかもしれない。

しかし、あの魔族にそんな知能があるのだろうか？

俺には、食欲に任せて無差別に襲い掛かる獣にしか見えなかったが……。

「……吸血鬼のことは、教会に聞くのが一番かな」

これで事件は解決したと思いたい。

しかし、わずかでも偽物だった可能性があるのなら、一応調べておいたほうがいいはずだ。

「ねぇ、アナタ」

「ん？」

「事件も解決したし、私は一度〝月光浴〟に戻るわ」

「あ……そうか。悪かったな、何日も連れ回して」

「いいのよ、私から願い出たことだもの」

月の魔力に適応したカグヤは、一般的な方法で魔力を回復することができなくなった。月光を浴びる――それこそが、彼女にとっての唯一の魔力回復方法である。

王都のはずれに、〝月の塔〟と呼ばれる使われなくなった見張り塔がある。

カグヤはそこがお気に入りで、魔力を回復するときは、必ずその塔の頂上で眠る。

「この先、私が必要になるときが来ると思うの。それまでに、ちゃんと万全な状態にしておくわ」

「……分かった。そのときはまた頼む」

――そうだ、忘れるところだった。

「まだ報酬分けてなかったな、三等分だから……えっと」

「いらないわ、そんなはした金」

「……はした金」

ずっしりと重たい袋を見て、俺は愕然とした。

特級勇者が死ぬほど稼いでいることは知っているが、まさかこの大金がはした金と言われてしまうとは。

「私はアナタと一緒に過ごせただけで、十分満足したわ」

「……あんまり面と向かってそういうこと言うなよ」

「ふふっ、照れたのかしら？　それじゃあね、可愛い旦那様。……浮気しちゃ駄目よ？」

そう言い残して、カグヤは廊下の窓から飛び立った。

なんとせっかちなのだろう。せめて入り口から帰ればいいのに。

「……送ろうと思ってたんだけどな」

苦笑いを浮かべつつ、俺は〝待ち人〟のもとへと向かうことにした。

騎士団本部を出ると、そこにはシャルたそがいた。

「待たせてごめん」

「ううん、問題ない。……カグヤは？」

「用があって解散したよ」

「そっか」

「……ありがとう、シャルたそ。おかげで解決したよ」

「お礼はいい。自分のために協力しただけ」

おすまし顔をしながら、シャルたそはそう言った。

確かに今回の件で、シャルたそは間違いなく功績を上げた。

きっと勇者学園の成績にも、ある程度それが反映されるだろう。

しかし、俺はシャルたそが心優しい人間であることを知っている。たとえ自分の利益に繋がらなくても、シャルたそはきっと俺を助けてくれたはずだ。

ブラジオ捜しに協力してくれたときのように――。

「それでも、俺はシャルたそに感謝してるよ」

「……ん」

俺がそう伝えると、シャルたそは照れた様子で顔を逸らしてしまった。

この顔を見ることができただけで、俺は満足です。

「そうだ、報酬なんだけど……」

「私の分はいらない」

「え⁉　な、なんで？」

「私はただ、魔族を見つけただけ。いつか正式な勇者になって、自分の力で魔族を倒すまで、報酬をもらうわけにはいかない」

「シャルたそ……」

なんて高い志。やはり門兵としてのんびり過ごしている俺とは、生き方が違う。

「……でも、代わりにほしいものがある」

「お、そういうことなら任せてくれ！　シャルたそのためならなんでも買ってやる！」

「残念だけど、お金で手に入るものじゃない」

「え……」

シャルたそは、俺を上目遣いで見ながら、手を握ってきた。

そのあまりの可愛さに、思わず肩が跳ねる。

「私がほしいのは、シルヴァとの時間」

「そ、それって……」

「私と、一日デートしてほしい」

「シャルたそと……デート⁉」

「嫌？」

「めっそうもございません！」

「ならよかった……」

シャルたそは安堵の表情を浮かべながら、俺から手を放した。

オタクが推しとデート……果たして、そんなことがあっていいのだろうか？

いや、それがタブーであっても、推しの誘いを断るわけにはいかない。推しが手を差し伸べてくれたなら、行先がたとえ地獄であっても、その手を放さないのがオタクである。

「じゃあ、今度の休日空けといて」

「もちろん！　死ぬ気で空ける！」

「そこまで頑張らなくていい」

そう言いながら、シャルたそはくすりと笑った。

◇◆◇◆◇◆

――――ど、どうしよう。

数少ない私服を広げながら、俺は頭を抱える。

今日は、念願のシャルたそとのデート。

推しに恥をかかせるわけにはいかない。当然、身だしなみには気を遣う必要がある。

しかし……門兵の安月給でダラダラと過ごしていた俺は、おしゃれな服なんて持っていない。ここに並べた服も、すべて似たような柄の安物ばかり。これではシャルたその隣を歩くのに相応しくない。

――とはいえ、買いに行く時間もないんだよな……。

待ち合わせの時間は、刻一刻と迫っている。

昨日までに準備を済ませておくべきだったのは分かっている。分かってはいたのだが、舞い上がりすぎて意識から外れていたのだ。

くそ！　こんなことになるなら、もっと女性経験を積んでおくべきだった。まあ、彼女を作ろうと思っても作れなかったんだけど……。

「……仕方ない」

このまま悩んでいたって、おしゃれな服が湧いて出てくるわけじゃない。

俺は諦めて、地味な色のシャツとズボンを手に取った。


寮を出た俺は、王都の中心にある噴水広場に向かった。

待ち合わせの時間までは、まだだいぶ余裕がある。シャルたその姿は、まだないようだ。

「……緊張する」

デート自体初めてなのに、その相手がまさかの最推しだなんて。

プレッシャーで押し潰されそうだ。立っているのもしんどいくらい、足が震える。これでは、挙動不審なやつにしか見えないだろう。

「────シルヴァ」

「はいっ！」

突然名前を呼ばれて、声が上擦ってしまった。

「変な声。どうしたの？」

「い、いや……なんでもな……っ⁉」

「……？」

俺の前に現れたシャルたそは、いつもの勇者学園の制服ではなく、可愛らしい白いワンピースを着ていた。ゲーム中でアレンとのデートで着ていた、彼女のお気に入りの私服である。

まさか、俺とのデートにこの服を着てくれるなんて────。

「し、シルヴァ……？　泣いてるの？」

「え？」

いつの間にか、熱い涙が頰を伝っていた。

どうやら感極まりすぎたらしい。

「ごめん、あまりにも幸せすぎて……」

「まだ何もしてないのに……変なシルヴァ」

そう言いながら、シャルたそは楽しそうに笑う。

そもそも俺をブレアスの虜にしてくれたのが、このシャルたそだった。

まさに俺の天使。そんな天使が、俺に向かって微笑んでくれている。

こんな幸せ、他にあるだろうか？

「シルヴァ……なんか魂みたいなのが抜けてる」

「はっ⁉」

危ない、昇天してしまうところだった。

しかし、一瞬でも天に召されかけたことで、逆に緊張が解れた気がする。

「気を取り直して……おはよう、シャルたそ」

「うん。ごめん、待たせた？」

「全然、今来たばかりだよ」

まさか、俺がこの台詞を言うときが来るとは。

人生、何が起きるか分からないものだ。まあ、そもそも人生自体が二度目だけど。

「……何も考えず来ちゃったけど、今日はどうする？」

「商店街のほうに行きたい。新しくおしゃれなカフェができたって、友達が言ってた」

「分かった、いくらでも付き合うよ」

俺たちは、噴水広場からすぐのところにある商店街へ向かった。

王都の商店街は、広大なゼレンシア王国の中でも、もっとも規模が大きい。ここで揃わないものはないと言われるくらい活気に溢れ、連日多くの人で賑わっている。

「シルヴァ、こっち」

人の多さに呆気に取られていると、シャルたそが手を引いてくれた。

「どうしたの？　シルヴァ。こういうところ、あんまり慣れてない？」

「あ、ああ……あんまり来たことなくて」

「そうだったんだ。じゃあ、私がエスコートする」

そう言って、シャルたそは気合を入れた顔をする。

情けない話だが、ここは素直に任せるとしよう。

「カフェが開くまで、まだ時間がある。それまで服とか、本とか見よう」

「分かった」

そうして俺たちは、商店街へと繰り出した。


「シルヴァ、この服どう思う？」

「エクセレントッ！　最高だと思います！」

「分かった、じゃあ買う」

シャルたそは、新しい服を買った。


「シルヴァ、このアクセサリーどう思う？」

「ファンタスティックッ！　抜群です！」

「分かった、じゃあ買う」

シャルたそは、新しいアクセサリーを買った。

「シルヴァが全部褒めてくれるから、全部買っちゃった」

隣を歩くシャルたそは、上機嫌な様子でそう言った。

何軒か回って買いものをした結果、俺の手には多くの紙袋がぶら下がっていた。

さすがは貴族の娘。

俺じゃ到底買えないようなものを、コンビニ感覚で購入していた。

念のため言っておくが、これは決してシャルたそが押しつけてきたわけではなく、俺のほうから持たせてほしいと懇願した結果だ。

シャルたその荷物係なんて大役、誰にも譲るわけにはいかない。

「そろそろカフェが開く頃なんじゃないか？」

「うん、行ってみよう」

シャルたそに案内してもらって、噂のカフェへと向かう。

人気店のようで少し並んだのち、店内に入ることができた。

内装は、現実のカフェと大差なかった。メニューにはケーキの他に、コーヒー、紅茶などの飲み物がある。現実に近い要素を見つけると、やはりこの世界は人の手で作られたゲームに基づいているのだと実感できる。

「いちごタルトが美味しいらしい。私はそれにする」

「じゃあ俺もそれで」

注文を終えてしばらくすると、タルトとドリンクが運ばれてきた。

ちなみにドリンクは、シャルたそが紅茶で、俺はコーヒーを頼んだ。

「シルヴァ、コーヒー飲めるんだ」

「ああ、まあね」

「すごい、私は苦いからにがて」

コーヒーを飲むと、前世のことを思い出す。

激務に苦しんだ、あの社畜の日々を――――。

転生できたからいいものの、もしもあれで終わりだったらと思うと、心底ゾッとする。

「最近、学園のほうはどう？」

「なんとか上手くやってる。……相変わらず、アレンはなんか変だけど」

どうやら、アレンへの好感度はずいぶんと低いままのようだ。

よほどバカな行動を取らない限り、学園内で出会えるキャラの好感度は勝手に上がっていくものなのだが、不思議なこともあるものだ。

「そうだ、聞いてほしい愚痴がある」

「え、どうしたの？」

「私以外のパーティメンバーが、毎日アレンとイチャイチャしている。そのせいで、最近すごく居心地が悪い」

「それは……付き合ってるとか、なのか？」

「多分……それなのに、アレンは私のことも誘ってくるから、とても困ってる」

「あー……」

ハーレムルートを目指すなら、緻密な好感度管理が必要になる。

全員の好感度を均等に上げつつ、間髪入れずに全員分の告白イベントをこなすことで、ようやく達成できるのだ。全員の好感度を上げ切る前に誰かと恋人になってしまったら、即アウト。すべてのヒロインが、ヒロインレースから身を引いてしまう。

「仲間としては、アレンのことはすごく信頼してる。でも、恋人がいるのにちょっかいかけてくるのは、普通に不愉快」

「アハハ、ソウダヨネ。ワカルヨ」

俺は冷や汗をかきながら、引きつった笑みを浮かべた。

ごめんなさい、シャルたそ。プレイ中は、俺も何度もやってしまいました。

「……それに私は」

シャルたそが、俺のほうをジッと見つめてくる。

その意図が分からず、俺は首を傾げた。

「――――まあいいや、なんでもない」

「き、気になる……！」

「時には言えないこともある。乙女心は複雑」

達観しているようで全然達観できていない顔をしたシャルたそは、優雅に紅茶を口に運ぶ。

そんな彼女越しに、俺は信じられないものを見た。

「……嘘だろ？」

「どうしたの？」

振り返ったシャルたそは、俺と同じ表情を浮かべた。

「シャルル……？　シャルルじゃないか！」

噂をすればなんとやら。

そこにいたのは、たった今話題に上がっていたアレンだった。

「奇遇だね！　こんなところで会うなんて！」

「うん……」

アレンは、まるで俺のことが見えていないかのような態度で、シャルたそに話しかける。対するシャルたその表情は、ずいぶんと引きつっているように見えた。

「あら、シャルルではありませんか」

「わっ、マジで奇遇じゃん！」

アレンは、二人の少女を引き連れていた。

ひとりは、金髪ロールのお嬢様、マルガレータ＝ナルフィス。

そしてもうひとりは、赤髪ショートヘアのレナ＝カシウス。

どちらも勇者学園内で会える攻略キャラである。

――なるほど、アレンが付き合ってるのはこの二人か。

ブレアスのヒロインの中では、比較的攻略難易度が低く、順当に進めていけばまず恋人になれる二人だ。

……これでは言い方が悪く聞こえるかもしれないが、実際ヒロインによって公式から攻略難易度が定められている。能力的に彼女たちが劣っているというわけではないし、決して冷遇されているわけではないことを、しっかり明記しておく。

「マルガレータも、レナも……どうしてここに？」

「あたしらデートしてんの！　てか、ちょっと前にシャルルのことも誘ったじゃん？」

「……これのことだったんだ」

今のやり取りを聞いて、俺は「なるほど」と思った。

レナとマルガレータは、すっかりアレンにべったりになっているらしい。彼女たちは別のヒロインが増えることをなんとも思ってないようで、むしろシャルたそをハーレムに加えることに協力する姿勢のようだ。

これは確かに、居心地が悪い。

しかもこの様子では、きっとパーティを抜けるのも至難の業だ。

蚊帳の外にいる俺だから言えることだが、シャルたそが気の毒で仕方ない。

「……シャルル、そちらの殿方は？」

俺に訝しげな視線を向けながら、マルガレータが問いかけてくる。

「……こっちもデート中」

何かしら誤魔化す必要があると思っていた俺は、シャルたその言葉でドキッとした。

「――――どういうことかな」

その瞬間、アレンが物凄い形相で俺を睨みつけてきた。

よく見れば、彼の体からは魔力が滲み出すように漏れている。

どうやら怒らせてしまったようだ。

「どうもこうも、シャルたその言葉のままだよ。今日は一緒に過ごす約束をしてたんだ」

「……あんた、確か東門にいた門兵だろ。こんなところでサボっててていいのか？　不真面目なんだな、意外と」

「門兵にも休みくらいあるわ……」

とんでもない指摘を食らってしまった俺は、思わずそうツッコんだ。

無休なわけねぇだろ、この野郎。

「オレの誘いを断って、こんな冴えないやつと……」

音が聞こえてくるほど、アレンは拳を握りしめる。

怒りに打ち震えているようだが、こっちもさっきから失礼な態度を取られてイライラしてるところだ。

ヒロインたちに同じことを言われたところでなんとも思わないが、自分の分身《プレイヤー》であるアレンに言われると、何故か無性に腹が立つ。

「……アレン、シルヴァにちょっかいかけないで」

「なっ……どうしたんだよ、シャルル。そんな言い方しなくてもいいだろ？」

「今のはシルヴァに失礼。勇者を目指す者として、恥ずかしい発言」

「……っ」

珍しく怒っている様子のシャルルたそが、アレンを睨む。

一触即発の雰囲気が流れ出したとき、何かに気づいた様子のレナが、あっと声を出した。

「この男……魔族かもよ」

――はい？

「レナ、それはどういうことかな」

「だって、アレンの誘いを断ってまで、こんなやつと一緒にいるなんておかしいじゃん！　こっちはパーティとして……男と女として、強い絆で結ばれてんだよ⁉　こんなの……！　シャルルが洗脳されてるとしか思えない！」

「洗脳だって……⁉」

話が飛躍しすぎて、俺もシャルルたそもぽかんとしてしまった。

しかし、彼らの中ではすでにこの仮説が通ってしまっているようで……。

「……この男が魔族なら、色々と辻褄が合いますわ。最近シャルルが私たちの誘いをよく断るようになったのも、きっと魔族に洗脳されていたからよ」

「別に……それは三人の邪魔をしたくなかったからだし、学園ではちゃんと一緒に過ごしてた」

「っ！　……その台詞も、きっと言わされているのね」

「……話を聞いて」

シャルたそを見るアレンたちの目に、いつの間にか憐れみの色が浮かんでいた。

それを見て、シャルたそは愕然とする。

「どうして……分からないの？」

「少し待っててくれ、シャルル……絶対に、君をオレのもとに連れ戻す」

「っ……」

――さっきから、好き放題言いやがって。

「門兵、お前が魔族かどうかはどうでもいい。でも、オレの大事な人を弄ぶような真似は、絶対に許さない」

「……」

「今すぐシャルルを解放するなら、穏便に済ませてもいい。それとも……場所を変えるか？」

頷かなければ、力ずくでも――アレンの言葉は、そういう意味だった。

どうしてこいつは、シャルたその目が潤んでいることに気づけないんだ。

シャルたそは……普段の態度はどうあれ、仲間としてアレンたちを信頼していた。それなのに、彼らはどう見てもシャルたそを信頼しているようには見えない。

強くなるために、絆は不可欠。それはブレアスというゲームのシステム上はっきりしていることだ。アレンには、いずれ世界を救ってもらわなければならない。そのためなら、恋人でもなんでも、仲間と親しくなろうとするのは大いに結構。

今ここにいるアレンのプレイスタイルを否定するつもりは、さらさらない。

ただ――――それでも、どうしても許せないことがある。

「……こっちもこっちで、わざわざお前に許してもらおうなんて思ってないよ」

「シルヴァ……？」

「悪い、シャルたそ。これで大人しくしてろってのは、さすがに無理だ」

俺にとっての究極の地雷。

それは、シャルたそを蔑ろにされること。

何があろうと、どんな理由があろうと、絶対に許せない。

「こっちはなぁ、前世から〝厄介オタク〟やってんだよ……」

「厄介おたく……？」

「場所を変える？　ああ、上等だ。その腐った性根……俺が叩き直してやる」

血走った眼で睨みつけると、アレンは一瞬たじろいだ。

しかし彼女たちの手前、すぐに表情を取り繕う。

「こ、交渉は決裂か……いいだろう！　お前を剣の錆にしてやる！」

アレンは、俺に向かってそう叫んだ。

これでシナリオがどうなってしまおうが、もはや知ったことではない。
シャルたそが笑顔になれないシナリオなんて、ぶっ壊れてしまったほうがマシだ。

第八章◆モブ兵士、ぶっ飛ばす

「シルヴァ、大丈夫？」

「ん？」

「アレンは……本当に強い」

シャルたそは、顔を伏せながらそう言った。

ここは勇者学園の敷地内。その中にある実戦訓練場を、俺たちは勝手に使うことにした。

人目につかず暴れられる場所が、ここしか思い浮かばなかったからだ。

「んー……ま、なんとかなるだろ」

向こうにいるアレンに視線を向ける。

確かに、やつは強い。シナリオ的にはまだ序盤だろうけど、すでに二級勇者程度には育っているることだろう。ゲームでも、上手く立ち回れば在学中に特例で勇者の資格を得ることができるし。

「私のせいでこんなことになって、本当にごめん」

「シャルたそが謝る必要なんてないよ。……謝るべきなのは、アレンのほうだ」

アレンの鼻をへし折り、シャルたそに誠心誠意の謝罪をさせる。

それが、この戦いにおける俺の目標だ。

「……シルヴァを応援する。だから、勝ってほしい」

「ああ、任せろ」

そうして俺は、シャルたそから刃を潰した訓練用の剣を受け取った。

「門兵、準備はいいか？」

「いつでも」

アレンから、強烈な敵意のこもった視線を向けられる。

これは、言わば同族嫌悪というやつだ。

俺は主人公《アレン》になりたかった。ゲームは、自分でプレイしてこそ。俺がアレンなら、こんな下手くそなプレイングはしない。少なくとも、ヒロインの笑顔を曇らせてしまうような真似は、絶対に——。

「頑張ってください、アレン」

「魔族なんかに負けないでよ！」

恋人たちの声援を受けて、アレンは表情を引き締める。

「……三人がかりじゃなくていいのか？」

「なんだと？」

「俺のことを魔族だって疑ってるんだろ？　それなら勇者として、全員でかかってきたほうがいいんじゃないか？」

「馬鹿にするな……！　卑怯な手段でシャルルを弄ぶようなやつは、必ずこの剣で斬り捨てる！」

「……そうか」

互いに剣を抜く。

どこまでも、おめでたい頭をしているらしい。

「……行くぞ！」

剣を構えたアレンが、俺に向かって跳びかかってくる。

そうして振り下ろされた剣は、単調な軌跡ではあるものの、日々の訓練で洗練されているのを感じた。

ただ、これで仕留められると思っているなら心外だ。

「なっ……」

俺が紙一重で刃をかわすと、アレンは驚いた表情を見せた。

俺の予想通り、初撃で仕留められると思っていたらしい。なんとも浅はかな考えである。

――てか、髪ちょっと斬れたんだけど。

髪の毛の一部が刃にかすり、宙を舞った。これはつまり、アレンの剣が真剣であることを意味する。

こっちは訓練用の剣を使ってやってるのに、向こうは本気で俺の首を取ろうとしているらしい。

「……上等だ」

空いている手で拳を作り、アレンの顔面目掛けて放つ。

目を見開いたアレンは、とっさに腕でそれを防いだ。

「ぐあっ⁉」

しかし、勢いを殺すことはできず、そのまま数メートル後ろへ転がった。

「お、重い……」

アレンは、腕を魔力で覆うことで拳を防いだ。

でなければ、今頃その腕は使いものにならなくなっていただろう。

「魔力強化くらいできるか、感心感心」

「お前……！　やっぱりただの門兵じゃないな⁉」

俺から立ち昇る魔力に気づいたのか、アレンがそう叫ぶ。

魔力を扱える者は、一握り。勇者や、騎士団上層部――扱える者は、皆等しく高い地位につく。魔力が扱える門兵など、本来であればありえない。

「悪いけど、こっちはちょっとした〝例外〟なんだよ」

そう言いながら、俺は剣を投げ捨てる。

「ど、どういうつもりだ！」

「ハンデだよ、女たらし。お前が相手なら、こんなもの必要ない」

――どうせ斬れねぇし。

「っ！　……舐めるな！」

剣に魔力をまとわせ、アレンは俺に向かって思い切り突き込んでくる。

いくら俺の魔力強化が洗練されていたとしても、同じく魔力強化された剣を生身で受け止めることはできない。

俺は体を傾けるようにして突きをかわし、アレンの懐に入りながら肘を叩き込む。

「ごっ――――」

重たく鈍い音がして、アレンの体は勢いよく後方へと吹き飛んだ。

「アレン!?」

「あのアレンがぶっ飛ばされるなんて……！」

訓練場の壁に叩きつけられたアレンは、激しく咳込みながら立ち上がる。しっかり体を魔力で覆っていたため、大事には至らなかったようだ。

加減したとはいえ、その程度で済んでいるのは、アレンがサボらず己を鍛えているからだろう。

ブラジオのときとは訳が違う。

「はぁ……はぁ……くそっ！」

自分を奮い立たせ、アレンは剣を構え直す。

そして、さらに多くの魔力を体に纏《まと》わせた。

「相手は魔族なのに、油断した……！　今度は本気で行くぞ！」

「……さっさと来い」

地面が爆ぜる音がして、アレンの姿が消える。

強化された脚力による超スピード。大したものである。

そう感心しながら、俺はわずかに頭を下げた。

すると、その頭上をアレンの振った剣が通過する。

「なっ⁉」

「見えてんだよ、こっちは」

アレンの胸ぐらをむんずと掴み、そのまま地面に叩き落とす。

背中を強く打ったアレンは、悶絶した表情を浮かべた。

「かはっ……！」

「ほら、こんなもんか？」

俺は拳に膨大な魔力をまとわせ、大きく振りかぶる。

アレンの顔が恐怖に染まる。

俺はその拳を、アレンの顔面目掛けて振り下ろした。

「ひっ⁉」

アレンがとっさに頭を動かしたことで、俺の拳は訓練場の地面を叩く。

すると、訓練場全体に轟音が響き、地面には深い亀裂が入った。

「……しまった、ちょっと力みすぎたか」

「はぁ……はぁ……！」

隙を突いて、アレンが離脱を図る。

俺はそれをあえて見逃し、距離を取らせた。

「な、なんなんだ……お前！」

「何度も言ってるだろ、街の門兵さんだって」

俺がそう告げると、アレンの顔が大きく歪んだ。

「お、オレは……！　シャルルを取り戻さないといけないのに！」

「……シャルたそは、元々お前のものじゃねぇよ」

「うるさい！　オレたちは強い愛で結ばれてるんだ……！　絶対に、引き裂かれたりしないんだ！」

「っ！」

――その台詞を、まさかこんなところで聞くことになるなんて。

ラスボスとの決戦で、アレンがくじけそうになっている仲間たちに告げた、ちょっとクサくて、熱い名台詞。決して、こんなところで吐いていい台詞じゃない。

「がっかりだよ、アレン」

再び拳に魔力をまとわせると、アレンの顔が引き攣った。

「ただの門兵のくせに……なんなんだよ、その魔力は……！」

「シャルたそを悲しませたお前には……しかるべき制裁をくれてやる」

「まっ――」

先ほどのアレンと同じように、俺は一瞬にして距離を詰める。

アレンは俺の速度に反応できなかったようで、ただ茫然と、自身に迫る拳を眺めていた。

「――歯ァ食いしばれ」

俺の繰り出した拳は、アレンが身構えるより速く、その顔を力強く打ち抜いた。

地面を割ったときと違って、今回はさすがに手加減した。

それでもアレンの体は、何度も地面をバウンドしながら吹き飛んでいき、再び壁に叩きつけられた。

「あ……アレン！」

「嘘……！　まさかアレンが……！」

マルガレータとレナが、アレンのもとに駆け寄る。

この勝負は、俺の勝ちでよさそうだ。

「シルヴァ……！」

駆け寄ってきたシャルたそは、そのまま俺に抱き着いた。

柔らかな感触と花のようないい匂いが、俺の思考を一瞬溶かす。

「しゃ、シャルたそ⁉　ご褒美がすぎますぞ！」

「何、その口調」

おっと、オタク丸出しになってしまった。

「アレンにも勝つなんて、本当にすごい。とてもかっこよかった」

「そ、そうかな」

まさか推しにかっこいいと言われる日が来るとは。

前世では誰からも言われたことなかったのに、えらい差である。

「〝癒しを与えよ〟！　ヒール！」

倒れているアレンに向かって、マルガレータが回復魔術を使用する。

マルガレータの回復魔術は、体の傷を治すことができる。

彼女がいることが分かっていたから、俺も遠慮なくアレンをぶん殴ることができた。

「くっ……一体何が……」

アレンが体を起こす。

どうやらもう動けるレベルに回復したらしい。

「アレン、大丈夫⁉」

「ああ……――っ！」

俺とアレンの目が合う。

するとアレンは、再び目に闘志を宿し、剣を持って立ち上がった。

「必ずシャルルを取り戻す……！　さあ！　俺と勝負だ！」

「……」

アレン以外は、唖然とした表情を浮かべた。

どうやらさっきの一撃で、戦闘中の記憶が飛んでしまったようだ。

参ったな、これは。もう一度戦うしかないのか？

「アレン……」

「待っててくれ、シャルル。すぐに君を取り戻すから……！」

「今までありがとう。私は……今日限りであなたのパーティを抜ける」

「……へ？」

　アレンの顔が固まる。

　シャルたその言葉に驚いたのは、何も彼だけではない。

　マルガレータも、レナも、そして俺も……。

「シルヴァのおかげで、踏ん切りがついた。パーティを抜けても、必死に努力すれば、きっと勇者になれる……あなたたちにこだわる理由は、ない」

「な、何を言ってるんだ！　シャルル！　やっぱりその男に洗脳されて――――」

「聞けッ！」

「っ⁉」

　いつも同じトーンで喋るシャルたそが、声を荒らげた。

「私は、誰にも操られてなんかない」

「そんなはずは……だってオレたちは、絆を深めたパーティで……」

「確かに、私は仲間としてアレンを信頼してる。だけど、男としてあなたに好意を抱いたことは、一度もない」

「なっ……⁉」

　そこ、驚くところなのかな。

　誰の目から見ても明らかだったと思うけど。

「あなたの好意を、私は受け入れない。だから……もう諦めて」

「い、嫌だ……！　オレは、君たちと恋人になって……最強の勇者に……！」

アレンが俺を睨みつける。

そこには、強い恨みの感情が込められていた。

「やっぱり……！　お前のせいでシャルルが……っ！」

「ちょ、ちょっと！　アレン⁉」

レナの制止もむなしく、アレンは剣を振りかぶる。

「〝魂鳴魔術《ソウルボンド》〟……！　発動！」

マルガレータとレナの体から光が溢れ出し、アレンの剣に集まる。

――そうか、だからお前はそんなに執着してたのか。

俺は〝魂鳴魔術《ソウルボンド》〟がなんなのか、よく知っている。

仲間との絆を特別な魔力に変換し、放つ。

それこそが、やつの魔術の能力。

変換される魔力の総量は、近くにいる仲間の人数、そしてその関係値によって決まる。要は、恋人が多ければ多いほど、魔術の威力が上がるというわけだ。

この魔術の習得を選んだ時点で、彼は仲間を増やし、絆を深めなければならなくなった。

シャルたそに固執していたのも、己の魔術のためだったわけだ。

「……救えねぇな、ほんとに」

まるで、初プレイの俺を見ているようだ。

そりゃそうか。俺は何度もやり直して、ブレアスをクリアするための最適解を導き出した。しかし、こいつの人生はたった一回。生きること《プレイング》が下手なのは、当然のことだ。

「じゃあ許します――なんて、言うつもりはないけどな」

俺は剣を拾い上げ、魔力を込める。

たとえ立場はモブだったとしても、俺はもうこの世界の住人だ。

俺の人生だって、きっとこの一回で最後。

アレンの所業を許す理由など、ない。

「うおぉぉぉぉおおおッ！」

アレンが剣を振り下ろす。

放たれたのは、赤と金、彼の恋人たちの髪と同じ色の魔力によって形成された、宙を走る斬撃だった。

大した威力だ。とても勇者候補が放った攻撃とは思えない。

ただ……。

「ゼレンシア流剣術……」

――〝青天〟

横なぎに振るった剣が、アレンの斬撃を斬り払う。

斬撃は空中で光の粒子となり、霧散した。

「お、オレの……〝魂鳴魔術《ソウルボンド》〟が……」

「……シャルたその本心を聞いておいて、まだやるのか？」

「う……うるさい！　やっぱりお前は魔族だ！　だからシャルルを……！」

分からず屋にもほどがある。

跳びかかろうとしてくるアレンに対し、やむなく剣を構えようとした、そのとき。

「何をしているのですかっ！」

突然、そんな声が訓練場に響いた。

現れたのは、栗色の髪の女性だった。深緑色のジャケットを着ていることから、この学園の教師であることが分かる。

「リーブ先生……」

「アレン！　これはどういう状況ですか！」

「あ、えっと……こ、こいつに魔族の疑いがあって……」

しどろもどろになりながら、アレンは俺を指差す。

これは面倒臭いことになった。アレンから疑われるのは大した問題ではなかったが、大人まで話が行くとだいぶ厄介だ。疑いはすぐに晴れるだろうけど、調査のためにしばらく拘束されることになる。

リーブと呼ばれた女性は、俺に訝しげな視線を向けた。

この様子だと、とても逃がしてくれないだろう。

――てか、この人誰だ？

ブレアスを周回する中で、リーブなんてキャラは一度も出てこなかった。つまりは、俺と同じモブキャラということになる。

しかし、彼女の外見はメインキャラ級に整っており、右手の甲には不思議な形の痣がある。とてもモブのキャラデザには見えない。

もしかすると、開発途中でボツになったキャラだったりするのだろうか？　俺のようなイレギュラーもいるんだから、それくらいいてもおかしくはないが……。

「――その男の身元は、私が保証する」

どうしたものかと困っていると、リーブさんの後ろから見知った顔が現れた。

それと同時に、俺はげんなりとした表情を浮かべる。

「エルダ騎士団長……」

「妙なことに巻き込まれているな、シルヴァ。とてつもない魔力を感じて来てみたら、まさか貴様がいるとは」

「まさかはこっちの台詞ですよ……」

困惑した様子のエルダさんは、リーブさんと共に俺たちに近づいてきた。そして俺に疑いを向けているアレンに向かって、彼女は口を開く。

「シルヴァは私が信頼する部下のひとりだ。決して魔族などではない」

「そ、そんな……」

崩れ落ちそうになったアレンを、マルガレータとレナが支える。

ひとまず、エルダさんのおかげで疑いはどうにかなりそうだ。

「それで……騎士団長はどうしてここに？」

「ああ、今度この学園で行われる〝実戦演習〟の打ち合わせに来たんだ」

実戦演習とは、アレンが初めてレベル３の魔族と対峙することになる、なかなか大きなイベントである。捕らえておいた魔物や魔族を森に放ち、それを討伐するのが、実戦演習の内容だ。しかし、演習中に外部からレベル３が侵入し、生徒に襲い掛かる――――というのが、本編にある流れ。

「演習には、万が一に備えて騎士団が同行するからな。詳しく打ち合わせしておかねばならんのだ」

「なるほど……」

「それにしても、勇者候補に対して大人げないぞ、シルヴァ。お前が負けるはずないことくらい分かるだろ」

「ちょっ……」

言っちゃいけない言葉を、エルダさんは笑いながら言い放った。

案の定ショックを受けたであろうアレンが、がっくりと項垂《うなだ》れる。

「む？　私、なんかやってしまったか？」

「やっちゃいましたよ……間違いなく」

この人は、なんてナチュラルに人を傷つけるのだろう。

まあ、おかげでスカッとしたのは事実だった。


「覚えてろ……！　いつか絶対……お前をこの手で……っ！」

そう言い残し、アレンは泣きべそをかきながら、彼女たちと共に訓練場を去っていった。

今は負け犬の遠吠えにしか聞こえないが、この先アレンには成長の余地がある。俺も油断せず、鍛錬を続けるとしよう。

「かなり恨まれているようだな、シルヴァ」

あちゃーという顔をしながら、エルダさんは言った。

「まあ……色々ありまして」

「事情があるのは分かったが、彼も大事な勇者候補だ。それに、かなり優秀な人材とも聞いている。あまりいじわるしてやるなよ」

「今後のあいつ次第ですよ、それは」

これからもシャルたそに変にちょっかいをかけてくるようなら、そのときはもう手加減できる自信がない。

こっちも、できればアレンとは絡みたくないのだ。

どうか反省して、引き続き立派な勇者を目指してほしい。

――――まあ、あの様子じゃ無理だろうけど。

「シルヴァ、エルダ騎士団長とも知り合いなんだ」

「え？　あ、まあ……上司だしね」

そんな会話を聞いていたエルダさんが、シャルたそのほうに顔を向ける。

「エルダ＝スノウホワイトだ。君は確か〝吸血鬼〟の事件に協力してくれた――――」

「シャルル＝オーロランドです」

「そうだ、シャルルだったな。シルヴァから君の話は聞いている。かなり優秀だとな」

「光栄です。……シルヴァにはいつもお世話になってます」

「うむ。シルヴァは私の知る中でもっとも強い兵士だ。騎士の中でも、彼を超える者はなかなかいない。共にいるだけで、きっと君の将来のためになるだろう」

「はい、私もそう思います」

「はははっ！　見る目のある娘だな！」

エルダさんが豪快に笑う。

こっちは推したちに褒められまくってるせいで、顔が熱いよ。

「ごほんっ……お話の途中ですみません、エルダ騎士団長。そろそろ打ち合わせに戻りたいのですが」

「おっと、すまなかった。では二人とも、またな」

リーブさんに声をかけられたエルダさんは、踵《きびす》を返した。

しかし、すぐに振り返って、笑顔で俺のほうを見る。

この顔……何故かすごく嫌な予感がする。

「あ、そうだ。シルヴァ！」

「はい？」

「人の敷地で勝手に暴れたペナルティだ！　貴様も勇者学園の実戦演習に参加しろ！」

「え……？」

「貴様に断る権利はない！　ではな！」

気持ちのいい笑顔を見せながら、エルダさんは俺の反応を無視してこの場を立ち去った。

彼女の言葉に茫然自失した俺は、しばらく立ち尽くすことしかできなかった。

◇◆◇◆◇◆

「……仕方ないよな、不法侵入だし」

シャルたそと共に学園を出てから、俺はとぼとぼと歩いていた。

怒りで我を忘れていたとはいえ、部外者である俺が学園の敷地に足を踏み入れるのは、褒められたことではない。

「ごめん、シルヴァ。色々面倒をかけちゃった」

「シャルたそが謝る必要なんてないよ。これは俺の意思でやったことなんだから」

実戦演習に参加しなければならなくなったのは、本当に誤算だった。

しかしよく考えれば、不法侵入をその程度の仕事で許してもらえるなら、まさに寛大な対応だ。なんだかんだ、エルダさんは俺に目をかけてくれている。こちらとしては……まあ、望んでいない部分もあるけれど、わざわざ不義理を働くような真似はしたくない。

「でも、これですっきりパーティを辞められそうだな。よかったじゃないか」

「うん、シルヴァのおかげで、勇気が出た。本当にありがとう」

シャルたそは、心の底から嬉しそうにそう言った。

照れてしまった俺は、首の後ろを掻く。

推しの役に立てるなんて、控えめに言って幸せでしかない。

「新しいパーティメンバーを探すのは大変だけど……諦めずに探せば、多分なんとかなる」

「……そうだな。シャルたそなら大丈夫だ」

これでシャルたそは、攻略キャラから完全に降りてしまった。

きっともう、本編に大きく関わることはないのだろう。

心配なのは、アレンとの繋がりがなくなったせいで、勇者になるというシャルたその未来が確約されなくなったこと。アレンのパーティメンバーにならなかったキャラが、この先どうなるのか。それはいちプレイヤーでしかなかった俺には、分からないことだ。

――――ん、待てよ？

それなら、俺が深く関わっても問題ないんじゃないか？

「どうしたの？　シルヴァ。そんなにニヤニヤして」

「え？　あ、ああ、なんでもないよ」

危ない危ない。

俺は何を考えているんだ。いくらシャルたそがメインヒロインの枠から外れたところで、俺みたいなしがないモブと同じ立場なわけがないのに。

……ただ、変に意識して距離を取る必要は、もうなさそうだ。

「でも、またシルヴァに借りができた。何かで返さないと」

「そんなの気にしなくていいよ」

「気にしないわけにはいかない。シルヴァだって、調査協力のお礼ってことで、私と一日遊んでくれたんだし」

「……そう言えばそうだった」

シャルたそを推すあまり、いつの間にかこっちから頼み込んだデートだと勘違いしていた。

「シルヴァ、私にしてほしいことない？」

「……また踏んで――」

「ごめん、もうあれはやりたくない」

「ああ……」

――残念だ。

それならばもう、俺の求めることはひとつだけ。

「じゃあ……また一緒に遊んでくれないか？」

「……そんなのでいいの？」

「そんなのだなんて……俺にとっては、シャルたそとこうして遊べることが、何よりも幸せなんだ」

　推しを一日独占できるなんて、そんな幸せが他にあるだろうか？

　いや、ない。断じてない。世界が何度ひっくり返ったって存在しない。

「……そこまで言われちゃ、仕方ない」

　そう言ったシャルたその頬は、赤く染まっているように見えた。

　それは果たして夕日のせいなのか、それとも――――。

「分かった、またデートしよ？」

「うぃぃぃぃいいいいいいいいい！」

「……急に奇声あげないで」

「これは失敬」

　感極まりすぎて、つい声が漏れてしまった。

　……漏れたどころじゃないか。

「……シルヴァ、あれ」

「ん？」

　突然、シャルたそが道の先を指差す。

するとそこには、小さな男の子が座り込んでいた。

「うっ……ひぐっ……」

うずくまって泣いているところを見るに、迷子の可能性もある。

シャルたそと顔を見合わせた俺は、すぐに男の子のもとに駆け寄った。

「君、大丈夫？」

「ううっ……」

「……お母さんやお父さんは？」

「いない……」

「いない？」

「パパもママも……もういない……」

そう言って、子供はまた泣き始めた。

「……家は分かる？」

「いえは……〝きょうかい〟だよ」

「教会？」

「しんぷさまのところ……みんなといっしょにそとであそんでて……みんなどっかいっちゃった」

「……はぐれたのか」

プレイヤーにとっての教会は、治療や回復アイテムを購入できる場所だが、設定上では孤児院としての役割もある。この子は、そこで世話になっているようだ。

「シルヴァ、この子を教会まで連れていってあげよう」

「ああ、賛成だ」

そうして俺たちは、男の子を教会まで送り届けることにした。

歩き疲れて動けないという男の子を背負い、教会までの道を歩く。

ある意味、これはちょうどいいタイミングと言える。

俺も教会で訊きたいことがあったのだ。


「ここっ！」

男の子が指差した先に、教会はあった。

日本でもよく見るような、十字架のついた建物だ。

俺たちが教会に近づくと、焦った様子の男性が、勢いよく飛び出してきた。

「あっ！　しんぷさま！」

「アーディ！」

キャソックを着たその男性は、ホッとしながら俺たちのもとに駆け寄ってきた。

「ああ……よかった！　あ、えっと……私はダンと申します。その子の保護者です」

「そうでしたか」

この神父さん、ダンって名前なのか。

ゲームでは神父としか表示されていなかったから、名前を知れたことに少し感動した。

「よかったな、アーディ。家についたぞ」

「うんっ！　おにいちゃん、おねえちゃん、ありがとう！」

俺の背中から降りたアーディは、そのままダンさんに抱きついた。

アーディを抱き上げたダンさんは、俺たちに向けて頭を下げた。

「本当にありがとうございました。アーディがみんなとはぐれたことを知ったときは、心臓が止まるかと思いましたよ」

「ぼくがはぐれたんじゃないよ！　みんながぼくからはぐれたんだ！」

「ああ、そうだったね。でも、あとでみんなにも謝るんだよ？　たくさん心配させちゃったんだから」

「……わかった」

アーディは素直でいい子だな。

どこかの特級勇者に、爪の垢を煎じて飲ませてやりたい。

「あ、そうだ。お二人に何かお礼をさせていただきたいのですが……」

「お構いなく……と言いたいところなんですが、ダンさんに少し聞きたいことがあるのですが、いいですか？」

「え？　あ、はい、もちろん構いませんが……」

ダンさんから許可を取ったあと、俺はシャルたそのほうに振り返る。

「ごめん、シャルたそ。ちょっと時間もらえる？」

「うん、もちろん」

「ありがとう」

〝吸血鬼〟の事件について、俺はまだ、すべてが解決したとは思っていない。

吸血鬼と言えば十字架が苦手――という安直な考えでしかないが、何か小さいヒントでも手に入ることを願おう。

教会の中は、かなり年季が入っているものの、隅々まで手入れが届いているように見えた。

「建物自体は古いですが、かなり綺麗でしょう？　子供たちが協力して、毎日掃除してくれるからなんですよ」

「だって！　そうじしたらしんぷさまがおかしくれるから！」

「……そういうことは言わなくていいのです」

ダンさんは恥ずかしそうに顔を伏せた。

なるほど、ものて釣って掃除させてるのか。

言い方は悪いけど、別に駄目なことってわけじゃないと思う。

「あ！　アーディだ！」

「どこいってたのー!?」

中で遊んでいた子供たちが、俺たちの周りに集まってくる。

意外と人数がいるものだな。

「しんぷさまー、このおにーさんたちだれー？」

「アーディをここまで連れてきてくれた人だよ」

「そうなんだ！　アーディをつれてきてくれてありがとう！」

なんてよくできた子供たちだ。

きっとこれも、育ての親であるダンさんの影響だろう。

「ほら、アーディ。みんなのところで遊んでなさい」

「はーい。おにいちゃんおねえちゃん！　またね！」

子供たちと共に手を振って去っていくアーディに、俺は手を振り返す。

隣にいたシャルたそも、同じく手を振っていた。

「さて……応接室にご案内します。話はそこで」

「はい、お願いします」

ダンさんに連れられ、俺たちは応接室へと通された。

頻繁に使われている形跡があり、小綺麗な印象を受けた。

「それで……聞きたい話とはなんでしょう」

ダンさんは三人分のお茶を淹れると、対面のソファーに腰かけた。

「〝吸血鬼〟について、教会に何か情報がないかと思いまして」

「きゅ、吸血鬼……ですか⁉」

　分かりやすく動揺したダンさんに、俺は首を傾げた。

　吸血鬼という言葉に、そんな驚く部分があったのだろうか。

「あ、す、すみません……えっと、それは伝説上の吸血鬼についてでしょうか。それとも、少し前にあった〝吸血鬼〟騒動についてでしょうか」

「まあ……どちらもと言いますか」

「どちらも？　事件のほうは解決したと聞きましたが」

「そうなんですけど……少し気になることがありまして」

「……失礼ですが、シルヴァさんは騎士様か何かで？」

「はい、一応……」

　騎士ではないけど、捜査には参加したんだから、すべて嘘というわけではない。

「そうでしたか……」

　俺の身分を知った途端、ダンさんは分かりやすく目を泳がせた。

　しきりに革の手袋をつけた右手をさすり、たまに窓の外へ視線を向ける。

「……どうかされました？」

「え？　あ、いや！　なんでもありません……」

「……」

　懸命な作り笑いで、ダンさんはこの場を誤魔化した。

　できれば追及していきたいところだが、今日の俺は非番だ。

迂闊《うかつ》に踏み込んで追い出されでもしたら、何も情報を聞けなくなる。

「……何かご存じですか？　〝吸血鬼〟について」

「そ、そうですね……伝説のほうでしたら、聖職者として学んだことがあります」

「詳しく聞かせていただけますか？」

「分かりました……まず〝吸血鬼〟という言葉は、はるか昔に現れた、伝説の魔族に対する呼称です。〝ヴァンパイアバット〟から進化したとされるその魔族は、ひとつの街を一晩で壊滅できるほどの力を持っていたとされています」

ヴァンパイアバットは、ブラッドバットの上位種とされている魔物だ。

血液を操る能力を持ち、騎士でも数を集めなければ討伐が難しいとされる、厄介な存在である。

そんな魔物から進化した魔族は、さぞ強いだろう。一晩で街を壊滅させると言われても、大して驚かない。

「血を蓄えれば蓄えるほど強くなる性質があり、街中の血をかき集めた〝吸血鬼〟は、一級勇者が数人集まってようやく討伐できたそうです」

当時の一級勇者が、今の一級勇者と同じレベルなのかは分からない。

だが、もし現在のレベルと同等だと考えるなら、国家の危機と捉えてもおかしくない事態だ。

「……伝承によると〝眷属《けんぞく》〟を生み出す力もあったそうです。血を分け与えられた人間は、同じく吸血鬼の力を得て人を襲うんだとか」

「――――その話を聞きたかったんです」

思わず前のめりになってしまった。

一番重要な話は、まさにその〝眷属〟の部分。

地球には、吸血鬼に血を吸われた者は吸血鬼になってしまうなんて伝承があった。

こっちの世界でも、同じような話があるのか気になっていたんだ。

下位互換とはいえ、ブラッドバットから進化した魔族も〝眷属化〟の力を持っていてもおかしくはない。

つまり、あのとき俺が倒した魔族は、眷属化された人間だった可能性が――――。

「っ……」

「シルヴァ?」

「あ、いや、大丈夫……」

俺が顔をしかめたのを見て、シャルたそが心配そうな表情を浮かべた。

最初に〝吸血鬼〟と接触したとき、あの場で討伐できていれば、彼は〝眷属化〟されなかったかもしれない。

そう思えば思うほど、胸の内に後悔が広がっていく。

――いや、まだ可能性の話だ。

すべては俺の杞憂《きゆう》かもしれない。

ただ、もしこれまでの仮説が合っていたとしたら……。

そのときは、今度こそやつを討伐する。俺のやるべきことは、もうそれだけだ。

「……お話ありがとうございました。参考にさせていただきます」

「は、はい……何かありましたら、また教会をご利用ください。子供たちもきっと喜びますから」

そう言いながら、ダンさんは革手袋に包まれた自身の右手をさする。

「その手……どうかされたんですか？」

「へ？　あ、ああ……少し前に火傷してしまいまして」

俺は彼の答えに疑問を持った。

ここは教会。回復アイテムを売ってくれる場所だ。

手の火傷くらい、すぐに治療できるはずなのだが……。

――まあ、子供を育てるのも大変だろうしな。

治療するにも、回復アイテムを使わなければならない。

アイテムは決して安いものではないし、大した怪我じゃないなら使わないという判断は、不自然ではない。

「……お大事にしてくださいね」

「は、はい」

そんなやり取りを最後に、俺とシャルたそは教会をあとにした。

第九章◆モブ兵士、迫る

シャルたそとのデートから、数日後のことだった。

俺はもはや何度目か分からない呼び出しを受けて、エルダさんのもとに訪れていた。

「何度も呼び出してしまってすまないな」

そう言うエルダさんの顔は、いつにも増して真剣だ。

「いえ……あの、今日はどんな御用で」

「最近、王都では新たな事件が起きていることは知ってるか？」

「新たな事件？」

「……誘拐だ」

憎々しげにつぶやいたエルダさんは、深いため息をつく。

「今週に入ってから、すでに八件の誘拐事件が起きている。狙われているのは若い女性ばかりで、今のところ手がかりはほとんどない」

「八件もあって……手がかりがない？」

「こちらも手を尽くしているが……分かっているのは、全員外出中に狙われていることと、黒いローブを羽織った怪しい人影の目撃証言だけだ」

「っ……！」

――――黒いローブ。

そこから連想されるのは、やはり〝吸血鬼〟の存在。

やつは人間を誘拐し、備蓄していた。もしかすると、新たに発生した八件の行方不明事件も、吸血鬼の仕業かもしれない。

「犯人は大胆でありながら、極めて用心深い。こちらも相当巡回を強化したが、まんまと出し抜かれてしまっている。そこで……貴様から、カグヤに協力を頼んでほしい」

「それは構いませんけど……別に俺を通す必要はないのでは？」

「カグヤともっとも仲がいいのは貴様だ。貴様の言うことであれば、やつも聞くだろう」

「……聞いてくれますかね、あいつ」

絵に描いたような天邪鬼が、果たして頼みを聞いてくれるか――――。

「貴様で駄目なら、誰が頼んでも同じことだ」

「……分かりました。頼んでみます」

「ああ、よろしく頼む」

すでにカグヤの〝月光浴〟は終わっているだろう。今頃どこかで遊んでいるに違いない。

彼女に借りを作るのは避けたいところだが、四の五の言っている状況ではないことは分かっている。

「それと……立て続けで悪いが、貴様にもまた捜査に加わってほしい」

「え……」

「なんだ、その驚いた顔は」

「あ、いえ……こっちはもうそのつもりだったんで」

こっちは、吸血鬼をこの手で討伐すると決意したばかり。

しかし、よく考えてみれば、俺はまだ正式な命令は受けていない。

ひとりで勝手に舞い上がっていたことに気づき、羞恥心がこみ上げてくる。

「ふっ……あははは！　やる気があるようで感心だな！　シルヴァ！」

「いや、その……まあ、やる気はあります」

「そうかそうか。だが、貴様には勇者学園の実戦演習にも参加してもらわねば困る。何かあったときは、そっちを優先してくれ」

俺はひとつ頷く。

事件も重要だが、育てるべき勇者の安全を確保することも、騎士団の重要な役目だ。どちらも最優先。手を抜くわけにはいかない。

「すまない……苦労をかける」

「今更ですよ」

むしろ、謝られると調子が狂う。

エルダさんには、思い切りこき使われるくらいがちょうどいい。

「先に失踪者リストを渡しておこう。聞き込みをするときは、参考にしてくれ」

エルダさんから、事件に巻き込まれた女性のリストをもらう。

八人の名前に目を通した俺は、とある名前に違和感を覚えた。

「……騎士団長」

「ん、どうした？」

「吸血鬼に殺害された人の遺体って、まだ残っていますか？」

「いや、吸血鬼事件の解決と共に、すでに火葬されている」

「じゃあ……その遺体を調べた方はいますか？」

「診療所のランツェル＝フォルザートに協力を仰いだが……」

ランツェルの名前なら知っている。

街の診療所に勤務する医者で、攻略キャラのひとり。

絆を深めていくと、回復アイテムを安く売ってくれるようになるのだが――まあ、そんな話は置いといて。

「それがどうかしたか？」

「少し、気になることがありまして……」

ふわりと浮かび上がってきた、ひとつの筋書き。

それが正しいかどうか確かめるには、調べなければならないことが山ほどある。

とてもモブに務まる役目とは思えないが……やってみるしかない。

「……ふふっ、やはり……どうしても貴様には期待してしまうな」

「へ？」

「こちらの話だ。では、諸々頼んだぞ」

「はい」

そうして俺は、騎士団本部をあとにした。


そのままの足で俺が向かったのは、ランツェル＝フォルザートがいる診療所だった。

――相変わらず、すごい臭いだな。

中に足を踏み入れると、強烈な薬品の臭いが鼻を突いた。

医者であるランツェルは〝薬剤師〟としても活躍している。

これはその素材の臭いだろう。

「すみません、ランツェル先生はいらっしゃいますか？」

診療所の奥に声をかけると、しばらくして白衣の女性が姿を現した。

「……怪我人？　それとも病人？　……いや、どっちでもなさそうだね」

ボサボサの深い青色の長髪に、色濃く目立つ目元の隈。

白衣の下は、薄手のキャミソール。胸元には深い谷間がくっきりと見えている。

こちらとしては、全体的に目のやり場に困ってしまう装いだ。

「あんたは確か……前に魔族に襲われたって女を連れてきた……」

「はい……一度しか顔を合わせてないのに、よく覚えてましたね」

「覚えてるさ。あんな〝化物〟と一緒にいたんだから」

化物とは、カグヤのことだろう。酷い言い様だが、なかなかどうして否定できない。

ランツェル先生は、おもむろにたばこに火をつける。

日本にあったものと変わらない香りが、部屋に漂い始めた。

「名前は？」

「し、シルヴァです」

「へぇ……」

ランツェル先生は、何故か俺をジロジロと観察し始めた。

「……あんた、面白いね。一旦脱いでくれる？」

「――――は？」

「なんか用があって来たんだろ？　聞いてほしけりゃ、一回脱いで」

「い、いや……脱ぐことになんの意味が……」

「早く。上半身だけでいいから」

「……」

ランツェル先生の悪癖が出たな、こりゃ。

ゲーム本編でも、彼女は他人を脱がせる癖がある。そうすることで、相手がどんな人間なのか分かるらしい。

仕方なく、俺は着けていた革鎧を外し、シャツを脱ぎ捨てた。

「へぇ、案外着痩せしてるんだね」

「ま、まあ……」

「……」

「……」

謎の沈黙が広がる。

動いていいかどうかも分からない俺は、ただ真っ直ぐ立ち尽くすことしかできなかった。

「――――ん、オッケー。大体分かった。もう服着ていいよ」

「これにはなんの意味があったんです……？」

「あんた、騎士じゃなくて兵士なんでしょ？」

――――全然聞いてねぇ。

「そ、そうですけど」

「それなのにこの体か……興味深いね。どうやったらここまで仕上がるんだろう」

何やらメモを取り始めた彼女を見て、俺は首を傾げる。

そんなにおかしかったかな、俺の体。

鏡で見ても、特に変なところはないと思うんだけど……。

「まあ、あんたの体はこのあと解剖してもっと詳しく調べるとして……」

「解剖⁉」

「……冗談だよ。それで、ボクになんの用？」

「心臓に悪いですよ……えっと、吸血鬼に襲われた被害者について調べたいことがありまして」

「被害者？　遺体ならもうここにはないけど。情報なら、全部騎士団に伝えてるし」

「いいえ、俺が知りたいのは、被害者の〝右手〟についてです」

俺がそう言うと、ランツェル先生はピクっと反応した。

何か思い当たることがあったようだ。

「……その情報なら心当たりがあるよ」

――――ちょっと待ってて。

そう言い残し、ランツェル先生は一度奥に引っ込んだ。

「……これ、あんたと勇者が連れてきた被害者のカルテ」

そう言いながら、ランツェル先生は数枚の資料を見せてきた。

「〝右手〟に……ドーナツ型の痣、ですか」

ランツェル先生の資料には、そう書き記してあった。

そしてその隣には、痣のスケッチと思われる絵が一枚。

「遺体にもあったんだけどね……解剖中に何故か消えちゃったんだよ。ボクの気のせいかと思ったから、特に報告もしなかったんだけどね」

「……なるほど」

「その痣がどうかした？」

「仮説でしかないのですが……」

この痣は、吸血鬼によってつけられた〝マーキング〟かもしれない。

最悪のパターンとしては、すでに〝眷属化〟が済んでいる者の証という線もある。

遺体から消えたのは、なんらかの役目を果たしたことで、効果が切れたからだろう。

「吸血鬼に襲われる予定のやつか、それともすでに襲われた証か……ってことだね」

「はい……」

俺はつい先日、勇者学園でこの痣と同じものを見たばかり。

〝彼女〟については、色々な意味で警戒しておいたほうがよさそうだ。

「ランツェル先生、ありがとうございました。これでまた、解決に一歩近づけた気がします」

「そいつはよかった。じゃあ、診察料で六千ゴールド置いてきな」

「診察料⁉」

「くくく……冗談だよ。代わりに、あんたが死んだときは、ボクに解剖させてね？　その体、ずいぶんと研究しがいがありそうだからさ」

「か、考えておきます……」

不気味な笑い声のランツェル先生を背に、俺は診療所をあとにした。

この診療所のお世話になることは、できるだけ避けよう。

本編でも、効能の分からない薬を売りつけてくることが多々あった。

いくら俺がモブでも、その餌食にならないとは限らない。

診療所を出た俺は、カグヤに協力を仰ぐべく、そのまま月の塔へ向かうことにした。するとその道中、はるか遠くから、こちらに向かって飛来するカグヤの姿が見えた。

「おいおい……タイミングよすぎだろ」

「アナタに呼ばれた気がしたの」

そう言いながら、カグヤは俺の隣にふわりと着地する。

「……確かに会いに行こうと思ってたけどさ」

「あら、本当に探してたの？　驚いたわ」

「全然心通じてないじゃん……」

俺のツッコミに対し、カグヤは妖しく微笑む。

「少なくとも、私はアナタに会いたかったわ。アナタも私に会いたいと思っていたなら、それは心が通じてるってことじゃない？」

「っ……」

反則級の笑顔を向けられ、心臓の鼓動が激しくなる。

お互いに散々舐めた口を利き合っているが、やはりカグヤはヒロインなのだ。

その魅力は、どうしても俺の心を惹きつけるようになっている。

「それで、私になんの用かしら？　デートなら歓迎するわ」

「……悪いけど、そういう誘いじゃない」

「あら、残念」

「吸血鬼がまだ生きてる。お前の力を借りたい」

「ふーん……？」

ついさっきまで微笑んでいたカグヤの表情が、突然獰猛《どうもう》なものへと変わる。

「戦う機会がなくて、この前は不完全燃焼だったの。欲求不満が解消できそうでよかったわ」

「そ、そうか……」

確かに、前回の捜査ではほとんどついてくるだけだったもんなぁ……。

少し申し訳ないことをしたと思っていたのだ。

「それで、私は何をすればいいのかしら」

「……ひとつ、吸血鬼に迫るための作戦がある。それに協力してもらいたい」

「構わないけど……」

吸血鬼は、人々の中に紛れ込み、悠々と狩りをしている。

まずはやつの正体にたどり着く。

そして必ず、報いを受けさせてやる。

◇◆◇◆◇◆

日が暮れて、夜の帳《とばり》が完全に下りた頃――――。

教会の神父であるダンは、子供たちに気づかれないよう、慎重に外に出た。

するとその目の前を、ひとりの女性が横切る。

その女性の手の甲には、特徴的な痣があった。

「……あの、すみません」

「はい？」

女性に声をかけたダンは、すぐに彼女のもとへ駆け寄った。

「失礼ですが、その手の痣……いつ頃から浮かび上がってきたか分かりますか？」

「……つい先日、王都に来てからよ」

「……なるほど」

真剣な表情を浮かべたダンは、ちらりと教会のほうを見る。

そして首から下げたロザリオを握りしめ、改めて女性と向き合った。

「あなたは今、悪魔に目をつけられています。このままでは、近いうちに不幸な目に遭うことでしょう」

「……まあ、それは怖いわ」

「……？」

そのとき、ふと女性が微笑んだように見えた。

しかし、そんな不吉なことを言われて、喜ぶ者がいるわけがない。

ダンはすぐに気のせいだと思い込み、言葉を続けた。

「私の教会なら、その痣を消すことができます。もちろん、お代などいただきません。手遅れになる前に、悪魔の呪いを祓いましょう」

「……分かりました、どうか私をお助けください、神父様」

「もちろんです。では、どうぞこちらへ」

ダンの案内のもと、女性は教会の応接室へと通された。

ダンは女性にソファーに座るよう促し、二人分の紅茶を淹れる。

「まずは、カウンセリングから始めましょう。紅茶でも飲んで、リラックスした状態で」

紅茶のいい香りが、部屋いっぱいに広がる。

女性はその香りに安心した様子で、表情を和らげた。

「いい香りでしょう？　この紅茶には、荒んだ心を落ち着かせる効果があるんですよ」

「へぇ……そうなの」

女性が紅茶を口に含む。

それを見ていたダンは、気づかれないよう唇を噛んだ。

「っ……では、始めますね。カウンセリングと言いましたが、要は他愛のない話をするだけです。今悩んでいることや、最近身の回りで起きた出来事について教えてください」

「分かったわ。えっと……さい、きん……は……あ、あれ……？」

女性の体が揺らぐ。

彼女は今、強烈な眠気に襲われていた。

「大丈夫ですか⁉」

「だい……じょ……――」

慌ててダンが声をかけるが、女性はそのままソファーに倒れ込んでしまった。

それから少しして、安らかな寝息が聞こえ始める。

「……寝てしまわれましたか。仕方ありませんね」

ダンは冷たく言い放つと、女性の体を横抱きにして、応接室を出た。

そして廊下の奥にあった鍵付きの扉を開ける。

扉の向こうには、地下へと延びる階段があった。

ダンは内側から扉を施錠し、女性を抱え直して階段を下りていく。

地下室は、食材や回復薬などの倉庫になっていた。

ダンは部屋の中心に女性を寝かせ、積み上げられた荷物の中から縄を取り出した。

「……」

女性に対し、ダンは縄をかけようとする。

しかし、寝ていたはずの女性は、突如としてその目を開いた。

「私を縛ろうとするなんて、ずいぶんな不届き者ね」

「なっ――⁉　クソっ！」

ダンはとっさに近くにあった修繕用の木材を掴み、女性に向かって振り下ろす。

女性はニヤリと笑うと、華麗な動きでそれをかわした。

「残念だけど、私を捕らえていいのは、愛しの夫だけよ」

彼女――――カグヤは、指をひとつ鳴らす。

すると、倉庫中の荷物が、ダンに向かって一斉に飛来した。

回避する術を持たないダンは、瞬く間に荷物に押し潰されてしまう。

「い、一体……何が……」

ダンが荷物の山からなんとか這い出ようとしたとき、地上に続く階段のほうから足音がやってきた。

「……ちょっと不安だったけど、上手くいったな」

地下室に現れたシルヴァを見て、ダンは目を見開く。

「あ、あなたは……」

「ダンさん。悪いけど、あなたを拘束させてもらいます」

先ほどダンが使おうとしていた縄を手に取り、シルヴァはそう言い放った。

◇◆◇◆◇◆

まさか、NPCであるはずのダンさんが、吸血鬼なはずがない。

少し前までの俺は、そう考えていた。

しかし、色々と考えていくうちに、そうとも言いきれないということに気づいてしまった。

〝吸血鬼〟は、本来であれば早々に討伐されるはずだった魔族だ。

それが学園の実戦演習間近になっても生きている。すでに何かしら大きな影響が出ていてもおかしくはない。

「……被害者の中に、小さな女の子がいたんです」

拘束したダンさんに向かって、俺はそう告げた。

「吸血鬼は、人の生き血を吸い尽くし、殺害している。そこに情け容赦の跡はなく、ただ食事を済ませているだけ」

「……」

「だけど、ひとりだけ……吸血鬼が血を吸い切らなかった被害者がいた。それがその、小さな女の子です」

女の子が生き残ったのは、決して偶然ではなく、犯人側に何かしらの事情があったのではないかと考えた。

たとえば、身近に子供がいて、姿を重ねてしまった――とか。

「……それだけで、私が犯人だと？」

「まさか。子供にゆかりのある人で絞り込むことはしましたが、それだけが理由じゃないですよ」

次に疑問を覚えたのは、目撃証言の少なさについてだった。

お世辞にも慎重とは言えない手口で人を襲っていた魔族が、突然人目を忍ぶことができるのか。

少なくとも、手がかりがまったくのゼロなんて状況は、生まれないはずだ。

しかし、その手がかりのなさが、俺をここへ導いてくれた。

「ターゲットを教会に招けば、痕跡なんてほとんど残らない」

「っ！」

「あんたは街の人間から信頼されている。そんな人に『呪われてるから解呪しましょう』なんて声をかけられたら、心当たりがある人間はホイホイついてくる。特に、突然こんな痣が浮かび上がってきた人はね」

微笑みを浮かべながら、カグヤは手の痣をダンさんに見せつける。

カグヤが痣の表面をゴシゴシと擦ると、それはすんなりと消えてしまった。

「偽物……！」

「彼女には囮になってもらいました。あんたへの疑惑をはっきりさせるために」

「くっ……！」

「あんたは、招き入れた痣持ちの女性を睡眠薬で眠らせ、食料として貯蔵していた。彼女たちの姿がここにないってことは、おそらくもう、堪能したあとなんでしょうね」

俺は、近くにあった木箱を蹴りつける。

大きな音が響き、ダンさんはとっさに身を竦ませた。

「よくも……罪のない人たちを食料にしてくれたな」

怒りに打ち震えながら、ダンさんを睨みつける。

「この場で叩っ斬ってやりたいところだが、色々と事情があってな。まずは騎士団本部へ連れていく。大人しくついてこい」

――――さて、そろそろいいか。

懐から羊皮紙を取り出し、ダンさんに見せつける。

「声は出すなよ。あんたを連れ出すところを、子供たちに見られたくない」

そんな俺の言葉に、ダンさんはひとつ頷く。

紙には、こう書かれていた。

〝あなたが脅されていることは分かっている。今は俺たちについて来てください〟

◇◆◇◆◇◆

ダンさんを騎士団本部へ送り届けた俺たちは、すぐに外に出た。

今頃、彼は本部備え付けの留置所の中に連れていかれたことだろう。

ことが終わるまでは、そこから出られない。

「それにしても……えらく大雑把な作戦だったわね」

カグヤにそう言われた俺は、たははと笑った。

「まあな……上手くいったのは奇跡だ」

「私の演技力のおかげね？」

「ああ、お前にか弱い女のふりができるとは……恐れ入ったよ」

「心はか弱い乙女だもの。簡単だわ」

色々とツッコミたい気持ちは山々だが、実際彼女の演技のおかげで上手くいったのは間違いない。ここは素直に感謝しておくべきだ。

「……それにしても、本当に彼は吸血鬼に脅されてるの？」

「……あの反応を見る限りじゃ、間違いないだろ。多分、子供を人質に取られてるんだろうな」

ダンさんは、吸血鬼ではない。

吸血鬼に脅され、女性を捕らえる役目を強要されていただけだ。

でなければ、彼が本編に神父として登場するわけがないのだから。

彼が吸血鬼の関係者だと勘ぐることになったきっかけは、あの応接室に通されたときだった。

吸血鬼という言葉に、彼は過剰に反応した。

それから、あの〝右手〟……吸血鬼との繋がりを示す何かがあったとすれば、しきりに気にしていたことにも納得がいく。

備え付けのカップには、頻繁に使われている形跡があった。被害者は、応接室に招かれていた可能性が高い。

神父という立場を利用した犯行であれば、目撃証言がないことにも納得がいく。

しかし、これらはすべて仮説でしかない。俺はただ、その仮説を確かめただけだ。

「……俺が吸血鬼を取り逃がしたせいで、ダンさんが加害者側に回るはめになった……あの人は悪くない」

罪は罪。しかし、俺だけは彼を責めるわけにはいかない。

「ダンさんとの会話は、ほぼ間違いなく吸血鬼に盗聴されてる。詳しく情報を聞くなら、方法を考えないとな」

ダンさんが裏切らないよう、吸血鬼は常に彼の状況を把握している必要がある。

その方法はまだ分からないが、そうでなければ脅しは成立しない。

情報を聞き出すなら、吸血鬼に悟られない方法で、だ。

「彼が吸血鬼に監視されているのは私も同意だけど、それならさっき見せた紙もまずかったんじゃない？」

「吸血鬼に伝わってるのは、音だけだ。だから問題ない」

「その根拠は？」

「目で見てるなら、自分が〝マーキング〟した相手を間違えるわけないからな」

マーキングした覚えがない人間が現れたら、吸血鬼から何かしらアクションを起こすはず。しかし、カグヤは疑われることなく、あっさりと地下倉庫まで連れ込まれた。その時点で、吸血鬼は音のみで情報を得ているのだと判断した。

おそらく、あの右手に何かが仕込まれているのだろう。そう考えれば、彼が会話中に手を気にしていた理由にも説明がつく。

「切れ者ね、あなた。まさに名探偵だわ」

「ふふんっ、こっちはゲーム脳だからな。ストーリー考察には自信があるんだ」

「げーむのう？」

ブレアスの世界観は熟知しているし、考察班の掲示板に書き込みをした経験もある。いわゆる筋書きというやつを考えれば、意外と分かったりするものだ。

さて、これで吸血鬼の食料源は潰した。

腹を空かせて暴れ回る馬鹿なら楽なのだが、おそらくそう上手くはいかないだろう。

「ねぇ、アナタ？」

「ん？」

「少なくとも、吸血鬼は十人以上の血を吸ったのよね」

「まあ……そうなるな」

「なら、だいぶ力をつけてると思うわ。食事を摂れば摂るほど、魔族はその力を増大させるから」

カグヤの言うことは、もっともだった。

やつらは、食べれば食べるほど魔族としての格を上げていく。

十人が犠牲になっていると考えれば、吸血鬼が成長しているということも想像に難くない。

「成長、か……」

街に潜伏した魔族の目的は、総じて勇者を殺すこと。

人を食らい、力をつけて、勇者の数を減らす。それがやつらの使命だ。

レベル3程度の魔族が現役の勇者に挑んだところで、大した成果は挙げられない。

だが――相手が、まだ未熟な勇者候補だとしたら。

「……勇者学園の実戦演習……引率教師は、確かリーブさんだったな」

本編では、実戦演習中にレベル3の魔族が襲ってくる。

そのときは一体しかいなかったおかげで、アレンたちだけでもなんとかなった。

しかし、吸血鬼がそこに加われば、事態は最悪だ。

「これからどうするつもり？　名探偵さん」

「……罠を張る」

「罠？」

「といっても、めちゃくちゃ脳筋な作戦だけどな……」

苦笑いを浮かべながら、俺は思いついた作戦をカグヤに伝える。

我ながら、単純な脳みそをしてるもんだ。

◇◆◇◆◇◆

騎士団の地下にある拘置所。

犯罪者から、魔族と疑われた人間まで、様々な者が収容されている。

罪人を捕まえておけるように、壁や鉄格子はとてつもなく頑強になっており、ちょっとやそっと暴れたところで壊れることはない。

――さて……上手くいくといいけど。

拘置所に来た俺は、ダンさんが収容された牢の前に立つ。

鉄格子の奥には、緊張した様子のダンさんがいた。

「……尋問の時間だ〝吸血鬼〟」

俺はそう告げて、牢の中に入る。

ダンさんは吸血鬼ではない。しかし、俺たちは巷を騒がせた〝吸血鬼〟を捕まえたというていで動いていた。

俺たちが解決した気になっていれば、やつは今後大胆な行動に出るだろう。

そのときが、本当の決着のときだ。

俺は、わざと音を立てて剣を抜いた。

魔族かもしれない者を前にして、武器を構えないのは不自然だ。

わずかでも、疑われる余地を残してはいけない。

「質問に答えろ、吸血鬼。そうすれば、まだしばらくは生かしておいてやる」

「……っ！」

強い語調でそう言いながら、俺はあらかじめ用意しておいた紙をダンさんに見せた。

〝今から、この紙に書かれた質問に答えてください。できれば、会話の中でさりげなく〟

「わ、分かり、ました……」

「よし、それでいい」

次の紙を見せる。

「お前が女を攫った、間違いないな」

――〝あなたは吸血鬼に人質を取られている。間違いありませんか？〟

「は、はい……間違いありません」

「その前に発生した三件の吸血事件も、お前の仕業だな」

――〝捕まったときは、吸血鬼のふりをしろと言われてますか？〟

「はい……そうです……」

「被害者全員、あの応接室で眠らせたのか？」

――〝女性たちはまだ生きていますか？〟

「はい……」

「意外と素直じゃないか。こんな腰抜けが一人でやったとは思えねえな。共犯者がいたんじゃないか？」

――〝女性たちの居場所は分かりますか？〟

「い、いえ……私ひとりです……」

「本当か？　信じられねぇな……誰か庇ってるんじゃないか？」

――〝吸血鬼の居場所は分かりますか？〟

「いいえ……本当に、私ひとりです……」

「……まあ、魔族が他人を庇うわけねぇか」

とても大事な情報が引き出せた。

この辺りが潮時だろう。ぼろが出る前に、退散したほうがよさそうだ。

「お前の首を刎《は》ねるため、じきに勇者様が来る。そのときまで、せいぜい後悔しながら過ごすんだな」

――〝必ず吸血鬼を倒します。今は辛抱してください〟

「……！」

ダンさんは、俺に託すような視線を送る。

俺は力強く頷いたあと、牢をあとにした。

◇◆◇◆◇◆

美しい月が輝く夜。

シャルル＝オーロランドは〝月の塔〟を訪れていた。

「あら、私の恋敵じゃない。よくもまあ、のこのこと現れたわね」

月の塔から、カグヤが舞い降りる。

シャルルは思わず息を呑んだ。

月の光に照らされたカグヤは、この世のものとは思えないほど美しい。

「……ここに住んでるの？」

「ええ、そうよ。ここは月の光がよく当たるの」

「月……」

シャルルは、空に輝く月を見上げる。

確かに、街にいるときと比べると、周囲がやけに明るく見えた。

「それで、私になんの用かしら」

「……シルヴァに言われた。強くなりたければ、カグヤを頼れって」

「……へぇ」

カグヤが目を細める。

すると突然、周囲の音が消えた。

この世界において、彼女は圧倒的な強者。

その魔力を剥き出しにしただけで、生物たちは本能的に息をひそめる。

決して彼女に気づかれないように——。

「っ……」

「ふふっ、この距離で私の魔力に晒されても、意識を保っていることは評価してあげるわ」

魔力とは、精神のエネルギー。

気迫や殺気。そういった見えない力に極めて近く、練度によっては、魔力だけで相手を屈服させることだって可能だ。

実際、シャルルは強烈なプレッシャーを受けて、膝から崩れ落ちそうになっていた。

「……愛しの夫から言われたわ。あなたの面倒を見てあげて、って。ひどいと思わない？　こんなに美しい妻がいるのに、他の女の世話を焼こうとしてるのよ？」

シャルルの呼吸が荒くなる。

この場に満ちたカグヤの魔力に緊張と恐怖を覚え、呼吸の仕方すら忘れかけている。酸欠で意識を失うのも、時間の問題だった。

「これでもちゃんと、あなたには嫉妬してるの。悪い虫を払うって意味でも、ここであなたを始末してしまうほうが、私にとっては得なのよ」

「はぁ……はぁ……」

ついにシャルルは、地面に膝をついてしまう。

しかし、その目はまだ、真っ直ぐカグヤのことを捉えていた。

「立派な勇者になるって……シルヴァに誓ったの」

シャルルの体から、ゆらりと魔力が立ち昇る。

それを見たカグヤの眉が、ぴくっと反応した。

「私もあなたには頼りたくない。でもシルヴァを裏切りたくない！　彼は私の、恩人だから……！」

「……あら」

シャルルから噴き出した魔力が、カグヤの魔力を跳ねのける。

魔力による攻撃は、魔力でしか防げない。

シャルルは、まさにその法則を体現した。

「――――まあ、合格ね。ギリギリ及第点ってレベルだけど」

肩を竦めたカグヤは、魔力の放出を止める。

「この程度の魔力も弾けないようじゃ、魔族とはまともに戦えないわ。これからは、常に魔力で身を守っていなさい」

「……それじゃあ」

「愛しの夫に頭を下げて頼まれちゃったし、しばらくの間、私があなたの面倒を見てあげる。特級勇者の教えを受けられるんだから、ちゃんと感謝してね？」

「よろしく、カグヤ」

「……生意気ね、あなた」

カグヤは小さなため息をつく。

実はカグヤ以上にマイペースなのが、このシャルル＝オーロランドである。

シルヴァもそれを知っていたため、気まぐれで奔放なカグヤに、シャルルの修行を任せたのだ。

「実戦演習の日まで、もうあまり時間がないわ。色々とその体で覚えてもらうことになるから、そのつもりでいてね。あ、多分死なないと思うから、安心していいわよ」

「……多分じゃ困る」

「私は困らないわ」

カグヤが指を鳴らすと、近くに落ちていた小石がふわりと浮かび上がる。

そしてその小石を手に取ったカグヤは、シャルルに向けて指で軽く弾いた。

風を切る音がして、小石はシャルルの頭スレスレを通り、その後ろにあった木をへし折った。

「……今の、何？」

「小石を弾いただけよ。魔力を込めてね」

シャルルの頬を、冷や汗が伝う。

もし、今の小石が頭に当たっていれば、ただでは済まなかった。

「まずは、これを百発防げるようになりなさい。もちろん、かわすだけでもいいわ」

「……まだ死にたくない」

「安心して？　最初は加減してあげる」

再びカグヤが指を鳴らすと、今度は周囲の小石がすべて浮かび上がった。

「多分死なないって言ったけど、本気で強くなりたいなら、死ぬ気でついてきてね。私、浮気相手に容赦できるほど、優しい性格じゃないから」

「鬼……」

「あら、誉め言葉？」

次の瞬間、浮かび上がっていた小石たちが、一斉にシャルルに襲い掛かった。

第十章 ◆ モブ兵士、的中させる

がたがたと揺れる馬車の中には、勇者の護衛を任された騎士たちの姿があった。

今日は勇者学園の実戦演習本番。

未来の勇者たちが、初めて魔族や魔物と対峙する、重要な機会だ。

勇者は国の宝。その候補生である彼らに万が一がないように、同行する護衛騎士は、並々ならぬ実力者ばかりだ。

……そんな空間に、俺のような兵士が混ざっている。

なんて居心地の悪い空間だろう。もはや消えてしまいたい。

「……」

現実逃避気味に、窓から外を見る。

外には、鬱蒼《うっそう》とした森が広がっていた。

ここは〝試練の森〟

毎年行われる実戦演習の舞台であり、新たなる勇者を試す場所――。

「この場に立つ勇気ある者たちに、私たち騎士団は敬意を払う」

護衛部隊の隊長が、ずらりと並んだ勇者候補たちに敬礼を送る。

その姿に倣い、俺も同じように敬礼した。

左胸に手のひらを当てるのが、ゼレンシア流の敬礼。

兵士になってから何度もやらされたが、いまだに少し照れ臭い。

「……あの人、兵士なのになんでいるんだろう」

「多分雑用係じゃない？」

隊長が注意事項について話している中、どこからかそんな会話が聞こえてきた。

煌《きら》びやかな鎧に身を包む騎士たちの中に、ひとりだけみすぼらしい恰好をした兵士が混ざっている……これが目立たないわけがない。

――平常心、平常心……。

落ち着け、俺。これも作戦のうちだ。

敵がただの雑用係と思ってくれたら、油断を誘えるかもしれない。

恥ずかしくてたまらないが、ここは耐えるしかない。

ふと、こちらを見るシャルたそと目が合った。

勇者学園の生徒たちは、みなパーティメンバーで固まっていた。

しかし、彼女の周りには誰もいない。結局、パーティメンバーは見つからなかったようだ。

魔族との戦いにおいて、ソロとパーティでは難易度が大きく変わる。

一度、ブレアスを最後までアレンひとりでプレイしたことがあったが、あれは本当に苦行だった。何度もリセットを繰り返し、何週間もかかってようやくクリアした覚えがある。

――まあ、今のシャルたそなら問題なさそうだな。

シャルたその魔力が、目に見えて膨れ上がっている。

どうやら、カグヤに任せて正解だったようだ。

今のシャルたそは、そこらへんの勇者より間違いなく強い。

――あいつらは……もういいか。

こちらを見ているのは、シャルたそだけではなかった。

これは一年生の実戦演習。当然アレンの姿もある。

アレンはまるで親の仇かのように俺を睨みつけていた。

どう考えても逆恨みなのだが……まあ、今は放っておいていいだろう。

やつもこの演習で成果を出さなければならないのは、重々分かっているだろうし。

「この〝試練の森〟には、四級、三級相当の魔物と、レベル1の魔族が放ってある。倒した敵の種類と、数によって成績が出る。我々護衛は、基本的に君たちの近くにいる。命の危機を感じたら、すぐに助けを求めるように」

そう言うと、隊長は引率教師であるリーブさんに視線を送る。

リーブさんはひとつ頷くと、幾何学的な文字が刻まれた杭のようなものを掲げた。

「実戦演習に使う範囲は、学園側で張った〝結界〟によって区切られています。大きさは一キロ四方。四隅にはこの杭が刺さっています。原則、私か騎士団の許可がなければ、誰も外には出られませんし、入ることもできません」

よく見れば、空には薄い膜が張っていた。

これが〝結界〟

勇者学園の敷地は、魔族の襲撃を防ぐため、常に強固な結界に覆われている。

ここにある結界は、それよりも耐久が劣る簡易版だ。

本編では、レベル３の攻撃に耐えられず、侵入を許してしまうのだが――――。

「……それでは、用意はいいですか？」

リーブさんがそう言うと、生徒たちの顔に緊張が走る。

いよいよ、運命の実戦演習が始まろうとしていた。

◇◆◇◆◇◆

王都の中心部で、悲鳴が上がる。

「アアアァァアアアアッ！」

ひとりの女がケダモノのごとく変貌し、そばにいた者たちを次々と襲っていた。

「や、やめて……」

血を流して蹲《うずくま》る男を前に、異形と化した女は、鋭く強固な爪の生えた腕を天高く振り上げた。

今にも男が引き裂かれようとしていた、その瞬間――――。

「すぐに取り押さえろ！」

駆けつけた騎士が、女の体を盾で押しのける。

受け身を取れずに転がった彼女を、騎士たちは頑丈な鎖を用いて、すぐさま拘束した。

「アァァアア！」

鎖に縛られた女は、喉が裂けるような絶叫を上げる。

そして女とは思えない桁外れの怪力によって、鎖を千切らんと暴れ出した。

「麻酔針だ！　早く打て！」

「っ……すまない！」

顔をしかめながら、騎士のひとりが女の体に針を刺す。

先端には、強力な麻酔薬が塗られていた。

それまで暴れ回っていた女は、麻酔によってすぐに大人しくなった。

「ご苦労だった、お前たち」

彼らのもとに、第一騎士団長であるエルダが現れる。

エルダは意識を失った女と、手元の名簿を見比べる。

「ユリア……花屋の娘だな。ようやくこれで六人か」

エルダが持っている名簿は、誘拐された女性たちのもの。

このうち六名が、すでに変わり果てた異形として見つかっていた。

「あと二人…おそらくまた現れ、暴れ回るはずだ。引き続き厳戒態勢！　決して死者を出すな！」

「「はっ！」」

部下たちに指示を出し、エルダはため息をつく。

誘拐された女性たちは、吸血鬼によってもれなく眷属《けんぞく》化していた。

眷属化について、ひとつ確信したことがある。

それは、〝眷属は単純な命令しか実行できない〟ということだ。

眷属化した人間の知能は、獣に近い。

あの廃屋にいた異形がそうだったように、人を襲え、巣を守れなど、その程度の命令しか、眷属は理解できないのだ。

その証拠に、複雑な手順で女性を誘拐していたダンは、眷属化されていなかった。

裏切りを避けるべく、眷属化しておくべきだったにもかかわらず……。

「エルダ騎士団長！　街外れで女性が暴れているとの連絡が……！」

「っ！　すぐに向かえ！　私も行く！」

「はっ！」

部下の伝令を聞いたエルダは、すぐに街外れのほうへ走り出した。

「……これでは、試練の森に駆けつけるのは難しいな」

エルダは舌打ちする。

これは、吸血鬼の陽動作戦だ。

眷属を街中で暴れさせ、騎士団の戦力を集中させる。

対応に追われる騎士は、試練の森で何が起きても駆けつけることができない。

そう、たとえ、魔族が襲撃してきたとしても――。

「だが――シルヴァのやつ、まさかここまで的中させるとはな……！」

危機的状況にもかかわらず、エルダは愉快そうに笑った。

そう、この状況はすべてシルヴァの予想通り。

騎士団が街を離れられないのも、想定の範囲内だった。

「あとは頼むぞ……シルヴァ」

◇◆◇◆◇◆

試練の森を包む結界のはずれに、リーブの姿があった。

彼女の手には、鈍く光るドーナツ型の痣がある。

「……」

結界に向かってリーブが手をかざすと、小さな穴が開く。

その穴は、やがて人が通れるほどの大きさまで拡張した。

「ふっ、ようやくオレの出番か……」

その穴を潜り、巨漢が結界内部に入ってくる。

異様に発達した腕を持つ男は、力強く自身の胸を叩いた。

「ブラッドバットの野郎に散々待たされたからなぁ……いい加減ストレスが溜まってたところ

だ」

男がゴキゴキと拳を鳴らす。

彼が放つ圧倒的な強者のオーラを前にしても、リーブは無表情のままだ。

「……ふん、愚かな傀儡《かいらい》め」

男がその巨腕で薙ぎ払うと、リーブの体は勢いよく弾き飛ばされ、近くの木に叩きつけられた。

この男は、正真正銘の魔族。人間のことなど、なんとも思っていない。

「待っていろ、勇者のガキ共……さあ――蹂躙の時間だッ！」

木々を薙ぎ払いながら、男は試練の森の中を駆けていった。

◇◆◇◆◇◆

「シャルル！」

「……」

ひとりで敵を探そうとしていたシャルルを、アレンが呼び止める。

足を止めたシャルルは、アレンに対して冷たい視線を向けた。

「……何か用？」

「用っていうか……やっぱりひとりで行動するなんて無茶だ。オレたちと一緒にいよう！　オレに……君を守らせてくれないか？」

懇願するような視線を向けられ、シャルルは顔をしかめる。

シルヴァに出会う前のシャルルであれば、アレンの強さにすがるようなことがあったかもしれない。アレンに守られ、心を許していた未来があったかもしれない。

しかし、シャルルはもう、シルヴァという〝希望〟に出会ってしまった。

血や環境に恵まれなくても、努力だけで勇者を超えた男を、シャルルは知ってしまったのだ。

「……守られるなんて、もうまっぴら。私は、自分の力で戦い抜く」

「そ、そんな……」

「だからもう、私に付きまとわないで」

そう言い放ち、シャルルはアレンに背を向ける。

シャルルはもう、彼に対して友情も思い入れも持ち合わせていなかった。

「――――っ！　アレン！」

そばにいたマルガレータが、アレンの名を呼ぶ。

刹那、突如として現れた巨漢によって、アレンは豪快に殴り飛ばされた。

「ふはは……！　おるわおるわ！　忌々しい勇者の卵どもが……！」

マルガレータとレナは、呆気に取られていた。

そんな彼女たちを前に、男は盛大にため息をつく。

「悲鳴もあげられぬか……哀れな虫め」

男が拳を振り上げる。

今まさに巨大な鉄槌が振り下ろされようとしていた、その瞬間。

突如飛来した何かが、男の体を仰け反らせる。

「ぐっ……なんだ⁉」

男は、自身の顎に何かが直撃したことだけは理解した。

口の端から血を流しながら、彼は前を向く。

「……貴様か、オレに傷を負わせたのは」

「だったら、何？」

シャルルは、堂々とした態度で男の前に立つ。

「ふっ……久しいな。このオレが傷を負うとは」

「あなた、魔族？」

「いかにも。貴様のような芽を摘んでおくため、わざわざオレが来てやったというわけだ」

男は口元の血を拭い、全身に力を込める。

「光栄に思うがいい！　オレの名はガレッド！　すべての勇者を滅ぼす者だッ！」

ガレッドと名乗った男は、全身の筋肉を大きく脈動させ、巨体をさらに隆起させた。

頭には真っ直ぐ伸びた一本の角。そしてその両腕は、赤黒い体毛によって包み込まれていた。

――これが、レベル３……。

ガレッドが変貌した途端、シャルルは強大で邪悪な魔力を肌で感じた。

試練の森に放たれたレベル１の気配とは、比べるまでもなくレベルが違う。

「そんな……レベル3なんて……一体どこから」

「聞いてないよ……こんなの」

マルガレータとレナの顔が引き攣《つ》る。

彼女たちの反応は、極めて自然であった。

レベル3ともなると、現役の勇者でも滅多に戦うことはない。

ましてや、勇者候補の時代にレベル3と遭遇した者なんて、ほとんどいない。

カグヤとの鍛錬がなければ、シャルルも彼女たちと同じ反応をしていただろう。

「オレを前にして、いつまでもオロオロと……先にこのゴミどもから片付けておくか」

「「っ⁉」」

恐怖で表情を歪めた二人に向けて、再びガレッドが腕を振り上げる。

「させるかぁぁあああ！」

絶叫と共に飛び込んできたのは、アレンだった。

頭から血を流しながらも、アレンはガレッドに向かって剣を振り下ろす。

「ほう！　根性だけはいっちょ前か！」

魔力を纏《まと》った刃を、ガレッドは腕で受け止める。

「か、硬い……！」

分厚い体毛が刃を阻む。

アレンの剣をもってしても、ガレッドにとっては無に等しい。

「むんっ！」

ガレッドが思い切り腕を振ると、アレンの体はあっさり弾き飛ばされてしまった。

体勢を立て直そうとするアレンに、ガレッドが迫る。

「ふははは！　あの小娘の次に見どころがあるな！　貴様！」

ガレッドが拳を振り上げる。

その瞬間、アレンはガレッドの胴ががら空きになっていることに気づいた。

――そこだっ！

ありったけの魔力を込めて、剣を振る。

しかし、寸前のところで、ガレッドの残忍な目がアレンを射貫いた。

「あ……」

アレンの脳裏に、シルヴァとの決闘がフラッシュバックする。

自身に迫る、圧倒的な破壊力を持つ拳。殴られたときに消し飛んだはずの記憶が、鮮明に蘇る。

「恐怖で手を止めるか……情けない」

ガレッドが拳を振り抜く。

魔力のこもった強烈な一撃によって、周囲に衝撃が駆け抜けた。

そして、アレンの体は木々をへし折りながら、森の中へと消えていった。

「アレンっ！」

「うそ……そんな」

アレンの敗北。

それは、彼を慕う二人の心を、完膚なきまでに叩き折った。

「ふん、つくづく人間とは脆弱だな。戦う意思があるのは、もう貴様だけか」

「……」

魔力を全身に纏い、シャルルはガレッドに立ち向かう。

――今の魔力強化じゃ、あの攻撃に耐えられない……。

シャルルは、ガレッドとの実力差を理解していた。

〝これからは、常に魔力で身を守っていなさい〟

カグヤの教えを、あれからシャルルは常に守るようにしていた。

しかし、今のシャルルがどれだけ己を魔力で包んでも、ガレッドの一撃を受ければただでは済まない。

「その意思は褒めてやろう。だが、もう貴様はオレに傷を負わせることはできん」

体を魔力で包みながら、ガレッドはそう告げる。

ガレッドは〝クリムゾンコング〟から進化した魔族である。

獲物を巨大な腕で叩き潰し、返り血で体毛が真っ赤に染まった姿から、彼らは〝真紅《クリムゾン》〟の名をつけられた。

巨腕が故に動きが遅く、魔物としてのランクは決して高くない。

ただ、魔族に進化したガレッドは、溢れる魔力によってその欠点を克服した。

「攻撃を避ける必要などない……この頑強な肉体を魔力で覆えば、肉を切らせず、骨を断つことが可能というわけだ」

「……」

「ほら、来るがいい。貴様のその小さい体を、ミンチになるまで叩き潰してやろう」

「……やれるものなら、やってみて」

シャルルはそう言うと、手を打ち鳴らす。

「〝主は来ませり、今こそ顕現《けんげん》せよ〟――〝フェンリルヴォルフ〟」

まばゆい魔法陣が広がり、そこから精霊であるリルが現れる。

リルはガレッドを睨みつけ、威嚇した。

「精霊を飼いならしているのか……面白いではないか！」

ガレッドが腕を振る。

リルは機敏な動きでそれをかわすと、鋭い鉤爪《かぎづめ》で反撃に出た。

「ふははは！　ぬるい！　ぬるいわッ！」

リルの鉤爪は、ガレッドの体を切り裂くことができなかった。

舞い戻ったリルの頭を、シャルルはそっと撫でる。

「そんな犬っころ一匹で、このオレに勝てるとでも思ってるのか？　ずいぶんと舐められた――ッ!?」

その言葉を遮るように、彼の後頭部に衝撃が走る。

――なにッ!?

いくら頑強な肉体でも、意識外から攻撃を受ければ、体勢を崩す。

つんのめりそうになりつつも、ガレッドはなんとか顔を上げた。

「っ……！　そいつは……！」

「別に私は、精霊は一体しか顕現できないなんて言ってない」

そう告げる彼女のそばには、漆黒の体を持つ、三本足の烏《からす》がいた。

ヤタガラス。焔《ほむら》の如く赤い双眸《そうぼう》をもち、黒い羽毛に包まれた体は、シャルルを乗せて飛べるほど大きい。

そしてその赤い眼に睨まれたガレッドは、自身のすべてが筒抜けになっているような感覚を覚えた。

「ヤタガラスのヤーくん。この子は、私に〝導きの火〟を見せてくれる」

「むっ!?」

ガレッドの左わき腹に、小さな炎が灯る。

それを認識した瞬間、ヤタガラスの強烈な体当たりが、ガレッドのわき腹に直撃した。

「ぐっ……!?」

その攻撃に、ガレッドを穿《うが》つほどの威力はない。

しかし、わずかでもダメージを負ったことに、彼は驚きを隠せずにいた。

――認識はできたが……避けられん。

ヤタガラスは、相手の弱点を〝導きの火〟によって明らかにする。

その部分への攻撃は、防御不能。

たとえ見えていたとしても、反応できない。

〝必中〟――それこそが、ヤタガラスの能力である。

「だが……！　極めて貧弱！　この程度のダメージ、いくら受けたとてオレを殺すには至らんぞ！」

「だったら……倒れるまで、攻撃するだけ」

ガレッドの右目に、導きの火が灯る。

ヤタガラスの飛来を察知したガレッドは、すぐに右目を庇った。

突進攻撃はガレッドの腕によって阻まれ、ヤタガラスは距離を取る。

「ふはは！　ぬるい！　防いでやったぞ！」

「……残念」

シャルルがそうつぶやくのと同時に、ガレッドの右目が深い裂傷を負った。

「――――っ!?」

残った左目が、気高き狼の姿を捉える。

そうして彼は、自身の目を抉《えぐ》った者が、リルであることを悟った。

「必中は……仲間の攻撃に対しても及ぶのか……！」

「正解」

ヤタガラスの火は、仲間を導く。

一度灯った火は、攻撃を受けるまで消えることはない。

「面白い……！　やるではないか！　小娘！」

ダメージを感じさせないガレッドを前に、シャルルは冷や汗をかいた。

カグヤとの鍛錬によって精霊魔術の性能が向上し、シャルルは〝二重顕現《デュアルサモン》〟を習得した。

今まで二体以上の精霊を同時に使役できなかった彼女は、これによって大幅に手数を増やすことに成功した。しかし、二重顕現《デュアルサモン》を維持しようとすれば、魔力と集中力を大きく消耗する。

――――これで決めるしかない……！

彼女にはまだ、ここで新たな精霊を顕現させるほどの余裕はない。

守りに入っていては、負ける。

「滾《たぎ》る……！　血が沸騰しそうだ！」

高笑いしながら、ガレッドは拳を地面に叩きつける。

爆発と錯覚するほどの轟音が響き、地面に深い亀裂が走る。

「うっ……」

地面が揺れて、シャルルは体勢を崩す。

その隙に、ガレッドは膨大な魔力を拳に纏わせた。

「さあ、今度はこっちの番だぞ、小娘」

濃厚な死の香り――――。

この攻撃を受ければ、確実に死ぬ。

「っ！　リル！」

「ふははははは！　受けるがいい！　〝ドラミングフィスト〟！」

リルはシャルルの首根っこを噛んで、すぐにその場を離脱する。

ガレッドの拳が炸裂し、森の一部を豪快に吹き飛ばした。

「ほう、なかなか素早い犬っころだな」

「拳の余波だけで……」

大きく抉れた地面を見て、シャルルは奥歯を噛み締める。

火力差は一目瞭然。正面からぶつかり合えば、シャルルに勝ち目はない。

「まだまだ戦いを楽しみたいところだが……そうも言ってられん。この一撃にて、確実に仕留めさせてもらうぞ」

ガレッドがそう言うと、彼の全身に導きの火が灯った。

ぎょっとするシャルルをよそに、ガレッドは再び己の拳に魔力を集中させる。

全身に導きの火が灯るということは、ガードする気が一切ないということだ。

その肉体でシャルルの攻撃を受け止め、反撃の拳を叩きこむつもりなのだ。

――――やるしかない。

シャルルはヤタガラスを呼び、己の魔力を注ぎ込む。

これによって、ヤタガラスの体はより強固になる。

「行って……ヤーくん！」

魔力を纏ったヤタガラスが、ガレッドに突進した。

完全に無防備な状態で攻撃を受けたガレッドは、わき腹の一部を抉り取られた。

夥《おびただ》しい量の血が溢れ出す。しかし、ガレッドは決して倒れない。

「ぐっ……！　仕留めきれなかったなァ！　小娘！　これで終わりだ！　ドラミングフィ――ッ!?」

拳を繰り出そうとしたガレッドは、強烈な違和感を覚えた。

今まさに死の淵にいるはずのシャルルが、笑みを浮かべている。

すべて思惑通りと言いたげに……。

「……これで終わり」

シャルルがそうつぶやく。

直後、彼の左目に激痛が走る。

視界が完全に失われ、ガレッドはたまらず膝をついた。

「な……なんだ……これは……」

暗闇の中で、ガレッドは困惑する。

「リルをヤーくんの影に隠して、あなたの懐に潜り込ませた」

「っ……なるほど、鳥を囮にしたというわけか」

ヤタガラスが翼を広げれば、リルの体を完全に覆い隠すこともできる。

リルの瞬発力は、強化されたヤタガラスと同等。

ヤタガラスの影に隠れて移動することなど、朝飯前である。

「このオレが……こんな小娘に……！」

腕に魔力を集めていたガレッドは、魔力で身を守ることもできず、リルの不意打ちを食らってしまった。

両目の欠損。これでは、シャルルと戦うことなど到底不可能である。

「私の攻撃じゃ、どうしても火力が足りない。でも、こうしてあなたから光を奪うことならできる」

「……っ！」

勝負はついた。

盲目となったガレッドがいくら暴れたところで、今のシャルルを仕留めることはできない。

「――――ふふふ、ふははははははははは！」

「……何が面白いの？」

「いやはや……まさか、こんなにも早く〝ストック〟を消費するとは思わなくてな」

「すとっく？」

いつの間にか、ガレッドは赤い液体の入った瓶を持っていた。

それを見たシャルルに、寒気が走る。

「っ！　リル！」

「ふはっ！　もう遅いわ！」

ガレッドは、その瓶を口に放り込み、お構いなしに噛み砕く。

「この液体は……貴様ら人間から絞り出した生き血を、極限まで濃縮したもの……！　吸血鬼の力を借りるのは癪《しゃく》だったが……この際仕方あるまい！」

――明らかに魔力が増えてる……!?

シャルルは、ガレッドが放つプレッシャーを受け、思わずあとずさりした。

ガレッドの傷が、みるみるうちに治っていく。

深々と抉ったはずの目の傷も、瞬く間に完治してしまった。

「人間の生き血程度で、まさかここまで強化されるとはな」

憎々しげにそう言いつつ、ガレッドは魔力を解き放つ。

空気が震えるほどの魔力は、魔術の酷使で疲弊していたシャルルを苦しめる。

「うっ……く……」

「誇るがいい、小娘。血を飲む前のオレでは、決して貴様には勝てなかった」

ガレッドが拳を振り上げる。

そして気づいたときには、シャルルは数十メートル離れた場所に転がっていた。

「っ……!?　な、何が……」

シャルルが慌てて体を起こそうとすると、全身に鋭い痛みが走った。

まるで体中の骨がズレてしまったと錯覚するような、そんな痛みだった。

「精霊どもに庇われたか……ふっ、従順だな」

ガレッドが、地面に転がっていたヤタガラスの体を蹴り飛ばす。

そのそばには、弱ったリルの姿もあった。

そこでようやく、シャルルは自分が殴り飛ばされたことに気づく。

リルとヤタガラスがクッションになってくれたおかげで、シャルルは致命傷を負わずに済んだのだ。

「さて……消えるがいい、小娘」

もう、シャルルを守る者はいない。

再びガレッドが拳を振り上げる。

それを見たシャルルは、小さく笑った。

「……何を笑っている。気でも触れたか？」

「――――ありがとう」

「む？」

「あなたのおかげで……私はもっと強くなれることが分かった」

シャルルがそうつぶやくと、試練の森を囲んでいた結界が、突然音を立てて砕け散った。

「な、なんだ……!?」

ガレッドは、上空に漂う異様な魔力を察知した。

顔を上げれば、そこにはひとりの美しい女の姿。

「……またもやギリギリ合格といったところね、恋敵さん」

「ズルされなければ、私が勝ってた」

「あらそう。まあ、そんなことはどうでもいいわ」

シャルルのもとに舞い降りたカグヤは、玩具《おもちゃ》を見るような目で、ガレッドを見つめた。

「あら、頑丈そうなオモチャがいるわ。弟子から私へのプレゼントかしら」

「悔しいけど……譲る」

「じゃあ、遠慮なく」

そう言って、カグヤは無邪気な笑みを浮かべた。

――なんだ、こいつは……。

ガレッドは、吸血鬼から特級勇者の存在を聞いている。この国でもっとも強い存在であり、魔族の天敵である、と。

しかし、ガレッドは己の強さを信じていた。

たとえ相手が特級だろうが、この拳で粉砕してみせると息巻いていた。

――これは……人間なのか？

カグヤの魔力を肌で感じたガレッドは、その得体の知れなさに戦慄した。この女は、次元が違う。

「ふっ……ふははははは！」

それでもなお、ガレッドは笑った。

「小娘が増えたか……さりとて同じこと！　二人まとめて、このオレが握り潰してくれるわ！」

「……可哀想ね、あなた」

「む？」

「虚勢を張って、恐怖を押し殺さないと、そうやって立っていることも難しいんでしょ？」

「っ！　何を――――」

風を切る音に続いて、轟音が響き渡る。

カグヤが放った蹴りが、ガレッドの体を遥か後方へと吹き飛ばしていた。

「ぐっ……がはっ」

地面にうずくまりながら、ガレッドは大量の血を口から吐き出す。

――――血を飲んだばかりでなければ終わっていた……！

胸部が陥没するほどの一撃を受け、ガレッドは瀕死の重傷を負った。

先ほど飲んだ血のおかげで、ガレッドの魔力は比べものにならないほど強化されている。溢れ出す魔力は、彼の細胞を活性化させ、その体を再生させた。

ただ、カグヤの強烈な一撃は、驚異的な再生能力をもってしても、完治させることはできない。

「やっぱり頑丈ね。安心したわ」

「くっ……舐めるなよ……小娘がァ！」

魔力を集中させた拳を、カグヤに向かって放つ。

しかし、その拳は空振りに終わった。

「なっ……」

「粗雑な攻撃……手荒な男は、好きじゃないの」

カグヤは、ガレッドが繰り出した拳の上に立っていた。

ガレッドが慌てて拳を引っ込めると、カグヤは天高く舞い上がる。

――――なんなのだ……この捉えようのない感覚は……。

魔物や魔族の中には、空を飛べる者がいる。

彼らはその翼を駆使して、自由に空を駆け抜ける。

だが、カグヤは違う。

確かに彼女は浮いている。が、飛んではいない。

「教えてあげるわ。私は飛んでるわけじゃない、落ちてるだけよ」

カグヤがガレッドに手をかざす。

すると、彼の体が真横に吹き飛んだ。

「なっ……!?」

木に激突したガレッドは、そのまま地面にへたり込む。

一瞬にして、彼は自身に何が起きたのかを理解した。

いや、理解させられた。

「重力か……!」

「その通り」

カグヤの魔術は〝重力魔術〟。

重力の向きや大きさを、自由に変えられる。

「言ったでしょ？　私は落ちてるだけ。空に向かってね」

自身にかかる重力の向きや大きさを調整すれば、カグヤの体は空に向かって落ちる。そうやって彼女は、浮いているように見せていた。

「こうしていれば、あなたの自慢の拳も届かないわね。どうする？」

「……ふんっ、何も難しいことなどないではないか」

そう言って、ガレッドは近くの木を手で掴み、根ごと地面から引き抜いた。

「あら、すごいパワーね」

「ふはは！　こいつをくれてやる！」

宙に浮くカグヤに向かって、ガレッドは木を投擲《とうてき》する。

自慢の腕力によって放たれた木が、カグヤに迫る。

しかし、彼女はそれを回避しようとはしなかった。

「まあ、届かなければ意味がないけど」

カグヤが指を鳴らすと、木は突如として地面に叩きつけられた。

そのまま地面にめり込んでいく木を見て、ガレッドは目を見開く。

「木の重力を操れば、ほら、この通り」

「っ……」

「……そうだ。プレゼントには、ちゃんとお返しをしないといけないわね」

唖然としているガレッドを見て、カグヤはにやりと笑う。

「《月光領域》《グラビティフィールド》」

周囲に生えていた木々が、根ごと宙に舞い上がる。

数え切れないほどの木が、カグヤの周りで浮遊し始めた。

「これで足りるかしら？」

再びカグヤが指を鳴らせば、数多の木が一斉にガレッドへと襲い掛かる。

「う――――うおぉぉぉぉおお！」

顔を引き攣らせたガレッドは、巨腕を盾にして身を守る。

飛んできた木が、当たったそばから砕け散る。

やがてすべての木を防ぎ切ると、ガレッドは苦しげに膝をついた。

「あら、ほんとに頑丈だわ」

「ふざけるなよ……小娘……ッ！　このオレを弄ぶなど……！　断じて許さんぞッ！」

そう叫んだガレッドに対し、カグヤは首を傾げる。

「……？　玩具は遊ぶものでしょう？」

「っ！」

無邪気な子供が虫を殺して遊ぶように、カグヤは魔族を弄ぶ。

カグヤにとっては、人類の敵である魔族すらも、脆弱な虫でしかないのだ。

彼女が唯一対等と認めている存在は、たったひとり。

なんの才もない平凡な人間でありながら、努力だけで特級勇者と互角以上に渡り合う、あのしがない門兵だけである。

「愛する夫がね、あなたのことを好きにしていいって言ってくれたのよ」

カグヤが魔力を解き放つと、ガレッドは途端に息苦しさを覚える。

――――このオレの魔力をもってしても……ここまで気圧されるか……！

「私が飽きるまで、壊れないでね？」

「ぎっ……⁉」

カグヤが接近してきた途端、ガレッドの体が何十倍にも重くなる。

立ち上がるどころか、指一本動かすことすら難しい。

〝重力魔術〟が及ぶのは、カグヤを中心に半径三十メートル。

そしてその効果は、カグヤに近づけば近づくほど強くなる。

彼女の領域《テリトリー》に入った時点で、ほとんどの生物はただの玩具と化す。

「そうだ、ちょうど玉遊びがしたかったところなの。あなた、ボールになってもらえる？」

カグヤがガレットの頭を蹴り飛ばす。

無抵抗で大きく打ちあがった彼の体は、まるでボールのように何度も地面を跳ねた。

「ぐ……ぐぞぉ……」

砕けた顎から、ぼたぼたと血が落ちる。

彼女が本気で蹴れば、ガレッドの頭は簡単に吹き飛ばされていた。

まだ息があるのは、彼女が遊んでいるからだ。

「次は、追いかけっこでもしようかしら？　可哀想だから、私が鬼をやるわ」

「な、なんのづもりだ……！」

「十秒逃げきれたら、あなたを見逃してあげる。せいぜい頑張ってね？」

「ふ、ふざけるな！　おでは――――」

「はい、タッチ」

「ごっ……」

一瞬で距離を詰めたカグヤによって、ガレッドはあっけなく捕まった。

カグヤからすれば、ただ触れただけ。しかし、ガレッドの体はとてつもない衝撃を受けて、またもや吹き飛ばされた。

「はぁ……はぁ……ごんな……ごんなごどが……」

「はぁ……ちゃんと逃げてくれないとつまらないじゃない。――――死にたいの？」

「っ……！」

這いつくばるガレッドを、カグヤはつまらなそうに見下ろす。

それを見たガレッドの背筋に、寒気が走る。

いつか、反撃のチャンスが舞い込んでくると思っていた。

この拳を当てる機会さえあれば、相手が特級勇者だろうが倒せると考えていた。

しかしガレッドは、それらすべてが極めて浅はかな考えであったことを理解した。

「……仕方ないから、最後にもう一度だけチャンスをあげる」

そう言いながら、カグヤは再び浮かび上がる。

「次の攻撃に耐えられたら、見逃してあげる。もちろん、かわしたっていいわよ。どういう形でも、生き残ったらあなたの勝ちでいいわ」

「ま、待て……！」

「待たない」

カグヤは、あえてガレッドから距離を取った。

〝重力魔術〟の範囲外に出たガレッドは、ボロボロの体をなんとか起こす。

――逃げねば……だが、どこに……!?

すでにプライドをへし折られているガレッドは、無意識のうちに逃走経路を探し始めた。

それを遠目に見ていたカグヤが、退屈そうにため息をこぼす。

「……つまらない男ね」

カグヤは、自身に強力な重力をかけた。

ガレッドに目掛けて超高速で落ちながら、彼女は華麗に体勢を変え、足を突き出す。

「〝月光舞踊〟――――〝かんざし〟」

「ひっ……」

顔を恐怖で歪めながら、ガレッドは逃げるために背を向けた。

そんな彼の胴体を、カグヤの飛び蹴りが貫く。

肉片をまき散らしながら、ガレッドは最期にカグヤを睨んだ。

「この……バケモノめ……」

その言葉を最後に、ガレッドは崩れ落ち、絶命する。

「あら、誉め言葉かしら」

カグヤはわずかに乱れた髪をかき上げ、そう言い放った。


「……何これ」

カグヤと合流したシャルルは、弾け飛んだガレッドの死体に顔をしかめた。

「壊れた玩具よ。もう興味ないわ」

「玩具……」

何をどうすれば、こんなことになるのだろう……シャルルはそんな疑問を抱いた。

あのとき、カグヤが加勢に来なければ、間違いなくシャルルは死んでいた。

シャルルにとって、ガレッドはまさに究極の脅威だった。

そんな化物をカグヤは〝玩具〟と言い放った。

――これが、特級勇者……。

まさに、人知を超えた存在。

今のシャルルでは、彼女の底すら覗けない。

「どうすれば……あなたみたいに強くなれるの？」

「私に追いつくのは無理よ。絶対にね」

「……」

「ふふっ、おかしな顔」

頬を膨らませたシャルルを見て、カグヤは笑った。

「……まあ、きっと大丈夫よ。才能の欠片もない平凡な門兵さんだって、あんなに強くなれたんだもの。あなただって、いつかは強くなれるわ」

「ほんと？」

「私を疑うの？　心外だわ」

そう言いながら、今度はカグヤが頬を膨らませた。

はたから聞いた分には分かりづらいが、カグヤの言葉は、いつもの気まぐれな発言ではなかった。

短い期間だったが、シャルルの師を務めた彼女は、そのポテンシャルの高さを見抜いていた。自分が最強だと確信しているカグヤは、シャルルが同じ高みまで登ってくるとまでは思っていない。しかし、限りなく近いところまで登り詰める可能性は、十分あると考えていた。

「それにしてもあなた、ボロボロの体でよく歩けるわね」

「治したから、大丈夫」

シャルルがそう言うと、その後ろからひょっこりと光り輝く角を持った鹿が現れた。

「この子はケルネイア。角から出る光で、怪我を治してくれる」

「ふーん……?」

ケルネイアと呼ばれた精霊は、愛おしそうにシャルルに擦り寄った。

精霊に愛されるというのは、シャルルの才能のひとつである。

精霊魔術は、精霊と契約を結ばなければ始まらない。契約の内容は様々だが、最初から精霊に気に入られているシャルルは、現状ほぼノーコストで契約を重ねている。

たとえ他の者に精霊魔術が発現しても、こうは上手くいかない。

「機動力と探知能力、攻撃補助、それに治癒能力……なかなか器用ね」

「……ひとりで勇者を目指すなら、これくらいできないと」

アレンのパーティを抜けたシャルルは、この先ひとりで学園卒業を目指そうとしていた。

これからは、シャルルひとりでパーティの役割すべてを担わなければならない。

「カグヤ、これからも、私に指導してほしい」

「……残念だけど、私に教えられることなんて、何もないわ」

「え?」

カグヤの力は、たまたま月の魔力に適応したことで手に入れたものだ。

故に、カグヤとシャルルでは、根本的に力の使い方が違う。

どれだけ指導したところで、シャルルはカグヤにはなれない。

「この前だって、私の攻撃を防ぐために、あなたが勝手に強くなっただけ。ほとんど何も教えてないじゃない」

「……確かに」

あのときカグヤが教えたのは、心構えだけだった。

あとはカグヤの一方的な攻撃を、シャルル自身でどう捌けばいいのか考え、トライアンドエラーを繰り返した。その間、カグヤから具体的な指導は、一度もなかった。

「私は、あなたが一皮むけるのを手伝っただけ。これ以上強くなりたいなら、私の夫を頼ったほうがいいわ」

「……カグヤの夫じゃないでしょ」

「いずれそうなるわ」

にこやかな表情を見せたカグヤに、シャルルはムッとした。

「さて……そろそろ見学にでも行こうかしら。愛しの夫の勇姿を見逃すわけにはいかないものね」

そう言いながら、カグヤは森の奥へと視線を向ける。

「あなたも行く?」

「もちろん」

彼女たちが向かう先。

その方向には、強大な二つの魔力の反応があった。

そして、ときは少し前に遡る――――。

第十一章◆モブ兵士、成し遂げる

レベル3の襲撃――ブレアスの本編にもあったそのイベントは、俺の知るものとは別の形で発生していた。

ゲームでは、ガレッドが結界を壊して侵入してくる。

しかし、この世界では何者かの手引きによって、結界を壊すことなく侵入してきた。そのため対応が遅れ、現場は大混乱に陥っていた。

「総員！　戦闘準備！　レベル3の迎撃に急げ！」

隊長の指示のもと、騎士たちが強大な魔力のもとへ急ぐ。

あっちはまあ、シャルたそがいればなんとかなるだろう。いざというときは、カグヤも加勢してくれるし、大事には至らないはずだ。

「レベル3……!?」

「まさか……俺たちを殺しに来たのか……!?」

生徒たちがざわつき始める。

まさにパニック寸前といった様子だ。

こっちはこっちでなんとかしないとな……。

「生徒はこっちへ！　魔族からできるだけ離れろ！」

怯える生徒たちに向かって、俺は叫ぶ。

「森の奥へ！　レベル３からできるだけ距離を！」

生徒たちを誘導しながら、森の奥へと進んでいく。

俺の役目は、生徒のそばについて、いざというときの肉壁になることだ。

騎士団は、何よりも勇者を大切にしなければならない。

勇者候補の彼らも勇者同様、計り知れない価値がある。

その命を魔族に奪われるなんて、あってはならないことだ。

「――君たち！　こっちだ！」

森の中で、鉄仮面をつけた騎士に呼び止められた。

彼の背後には、山肌にぽっかりと空いた洞窟があった。

「この洞窟の中へ！　ここなら安全だ！」

「っ！　あの洞窟へ急げ！」

全員に聞こえるように、俺はそう叫んだ。

生徒たちが洞窟へと駆け込んでいく。

ずいぶん深い洞窟だ。これなら、覗き込んだ程度では生徒の存在に気づけないだろう。

「危ないところだったな」

「ええ……おかげで助かりました」

誘導してくれた鉄仮面の騎士に、礼を言う。

「まさかレベル3が襲撃してくるとはな……だが、これで――――」

「ああ……目標達成、とでも言いたげだな、吸血鬼野郎」

背後に立っていた鉄仮面を、俺は抜剣ざまに斬りつける。

とっさに回避されてしまったが、俺の剣はやつの着ていた鎧を深々と傷つけた。

「なっ……血迷ったか……！」

「今更、演技なんかいらねえよ。吸血鬼」

「……」

鉄仮面の奥で、やつの鋭い眼光が光る。

「お前の正体は、とっくに割れてる。騎士に紛れて生徒たちを殺そうとしてんのは、もう全部分かってんだよ」

「……驚いたな。まさか、俺の正体にまでたどり着かれるとは」

「こっちも、最初に気づいたときは驚いたよ。……いい加減、そのダサい鉄仮面を取ったらどうだ？　――――先輩」

「そうか……お前、あのときの新入りか。忘れてたよ。何分、女にしか興味なくてな」

男が鉄仮面を外す。

そこには、南門の仕事で一緒になった、クロウ先輩の姿があった。

「よく分かったな、オレが魔族だって」

「考えてみれば、そんなに難しいことじゃなかったよ」

――まあ、ほとんど偶然だけどな。

最大のヒントは、被害者が女性ばかりだったこと。

廃屋に閉じ込められていた人は男だったが、あれはただのカモフラージュだ。

あの場にいた眷属《けんぞく》を吸血鬼に仕立て上げるため、適当に攫った者たちだろう。

「被害者たちの右手にあった痣……あんたは門兵の仕事をしてるとき、気に入った女性と必ず右手で握手していた。そのときにマーキングしてたんだろ？　あとで血を吸いにいくために」

そうやってこいつは、表向きでは仕事をしながら獲物の選別を行っていたわけだ。

今思えば、あのときカグヤにも握手を持ち掛けていた。彼女のことも、マーキングしようとしたのだろう。まあ、あいつの魔力が桁違いすぎて、あっさりと弾かれたみたいだが。

「攫われた人のリストに、ユリアって名前があったから、ピンときた。一応調べてみたら、リストにあった全員が南門から出入りしていたよ。しかも、つい最近な」

「……ご苦労だな、わざわざそこまで調べたのか」

「冤罪で人の首を刎《は》ねるなんてごめんだからな」

ここに来て、考察掲示板に入り浸っていた経験が生きた。

人生、何が役に立つか分からないものである。

「……これで、心置きなくお前をぶっ倒せるよ」

魔力を滾《たぎ》らせながら、クロウに向かって一歩踏み出す。

「お前には、色々と鬱憤が溜まってんだ。元々本編にいない者同士、ケリをつけてやる」

「何言ってんのか分かんねぇけどよぉ……まさか、オレに勝てるとでも思ってんのか？」

クロウは、身に着けていた鎧を脱ぎ捨てた。

その下から現れたのは、しなやかで強靭な、理想的な肉体だった。

「見せてやるよ、魔族と人間の格の違いってやつを」

クロウの体が変化した途端、大気が震えるほどの魔力が溢れ出した。

インナーを破り捨て、全身に走る赤いタトゥーが露わになる。

背中からは巨大なコウモリの翼が生え、頭の左右からは立派な黒い角が伸びている。

脇腹には、抉《えぐ》られたような傷跡があった。おそらく、前に俺がつけたものだ。

「お前をさっさと始末して……オレは勇者候補どもを皆殺しにする。癪《しゃく》だが、それが〝パンデモニウム〟に属する者の使命だからな」

〝楔の日〟以来、街に潜伏した魔族たちは、独自の組織を作り上げた。

彼らは互いに協力し合いながら、ときに欺き、勇者を全滅させたときの手柄を狙っていた。

そんなコミュニティの名が〝パンデモニウム〟

この日を境に、アレンと何度も対峙することになる、強大な力を持った組織である。

「このオレ様を前にして、生きて帰れると思うなよ？」

クロウが地面を蹴ると、まるで爆発が起きたかのように大きく砂埃《すなぼこり》が舞った。

――大した身体能力だ。

俺は感心しながらも、一瞬にして背後に回り込んできたクロウの拳を、剣の腹で防ぐ。木々が大きく仰け反るような、強い衝撃が辺りに駆け抜けた。

「……よく受け止められたな。褒めてやるよ」

「嬉しくもなんともねーよ……！」

力で押し返した俺は、そのままクロウ目掛けて剣を振る。

しかし、華麗に身をひるがえしたクロウは、瞬く間に剣が届かない位置まで離脱してしまった。

「初撃を受け止めたのは大したもんだが、テメェのすっとろい攻撃じゃ俺を仕留めることは――――ッ!?」

クロウがそう言い切る前に、彼の胸元から血が溢れ出た。

「仕留めることは……なんだって？」

「くっ……」

今の攻撃で、俺は二回剣を振っていた。

二回目はかわされてしまったものの、俺の初撃は、間違いなくやつの体に傷をつけることができた。

「どうした？　必死こいて血を吸った割には、大したことねぇな」

「……テメェ」

「攫った女たちを殺さなかった理由は、騎士団への陽動に利用することだけじゃないだろ？」

俺がそう言うと、クロウはハッとした。

「一度瀕死になるまで血を吸ったあと、造血薬を使って回復させる。それを繰り返せば、大きなリスクを背負うこともなく、お前は最小限の人数から無限に血を摂取することができる」

ダンさんが女たちの安否を知っていたのは、定期的にコンタクトを取っていたからとしか考えられない。

エルダさんの協力を得て調べた結果、ダンさんは何度かに分けて大量の造血薬を購入していることが分かった。女を受け渡すときに、一緒にそれも渡していたのだろう。

「……ひとつ聞かせろ」

「あ？」

「被害者の中に、小さな女の子がいただろ。彼女を殺さなかったのは、どうしてだ？」

クロウが女の子を生かしたことで、俺は一瞬本気でダンさんを疑った。

子供を引き取って世話しているダンさんだからこそ、子供を殺すことに抵抗があったのではないかと、勘ぐってしまったのだ。

結果的には、疑いようもなくこいつが犯人で間違いなかったわけだが、なおさら俺は、たったひとつのイレギュラーに疑問を抱いていた。

その残忍な心のどこかに、他人を想う気持ちが隠れているのかどうか――。

「……そんなの、決まってるじゃねぇか」

そう言いながら、クロウは口角をつり上げ、邪悪な笑みを浮かべる。

「二度楽しむためだよ！　最初は腹が減りすぎて思わず襲っちまったが、途中で気づいたのさ！　今殺したらもったいねぇって！　だから わざと見逃して、大人になるまで待ってやることにしたんだよ！　今度こそ、その生き血をすべて吸い尽くしてやるためになぁ！」

クロウの耳障りな笑い声が、森に響く。

――ああ、安心した。

「で？　そのガキがなんだっつーんだよ」

「……少しでも良心があったら面倒だなって思ってたけど……おかげで、思い切りやれそうだ」

「……っ⁉」

俺が魔力を解き放つと、クロウは驚愕した様子で目を見開いた。

「なんなんだよ、テメェは……！　ただの兵士じゃなかったのか⁉」

「まさか、もう忘れてんのか？　本当に男に興味ねぇんだな」

「アァ⁉」

「もう一度この剣をぶん投げて、思い出してもらうしかねぇか」

呆れたように言いながら、クロウに剣先を向ける。

ここまで言えば、さすがにやつも気づいたようだ。

「あのときの追手はテメェだったのか……！　よくもオレの腹を抉ってくれたな！」

「それくらいでグチグチ言うなよ。こっちは、人の命も、尊厳も奪われてんだぞ」

少しずつ、解放する魔力を増やしていく。

すると、辺りを支配していたクロウの魔力が、徐々に俺の魔力に押し返されていった。

「な、なんだ……この魔力量は……」

「鍛錬の成果だよ」

足に魔力を纏わせ、思い切り地面を蹴る。

そうして、一気にクロウとの距離を詰めた。

「ゼレンシア流剣術……！　〝独楽嚙み〟！」

「ぐっ……⁉」

俺が放った連撃が、クロウの腹部を抉る。

再び俺から距離を取ったクロウは、腹から滴る血を見てニヤリと笑った。

「確かに……魔力量だけは大したもんだな。人間にしては……だけどな」

クロウの魔力が、凪《な》ぎ始める。

これまでの荒々しい感じとは、まるで違った雰囲気だ。

「造血薬を飲ませ、オレは女たちから何日も血を搾り取っていた……最終的に、それが何人分になったか分かるか？」

「……さあ、知らねぇよ」

「答えは……五十人分だ」

クロウの魔力が、突然爆発的に跳ね上がった。

辺りに満ちていた俺の魔力が、次第に押し返され始める。

「オレの邪魔をするクソ野郎は、生かしちゃおけねぇ……ここで確実に殺す」

「奇遇だな。俺も同じこと考えてたよ」

俺は魔力で全身を分厚く包み、剣を構える。

さあ、ここからが本番だ。

「〝血戦器〟――――〝刃《じん》〟」

クロウの腹から溢れ出た血が、一本の剣へと変化する。

魔族の中にも、人間と同じように魔術を習得する者がいる。

それこそが、魔族の最高到達点、レベル４である。

ブラッドバットの能力である〝眷属化〟と違い、血液から剣を生み出す力は、明らかにやつの固有魔術だった。多くの血液を摂取し、レベル４への進化を果たしたようだ。

本編に登場しない以上、俺はこいつの魔術について詳しく知らない。

見たところ、血液を自由に操る能力のようだが……。

「いくぞ、下等生物」

クロウが剣を振ると、その刃が急激に伸びた。

体を反らして回避すると、俺の背後にあった木々が丸ごと両断される。

魔力によって強化された刃で、これだけの範囲攻撃ができるとは。なかなか厄介な能力である。

「己の血液を自由に操れる……それがオレの力〝血器魔術〟だ。テメェはそこら辺の兵士とはわけが違うようだが、魔術に対抗する術は持ってんのか？」

「……さあね」

「ハッ……まあ、どっちでもいいか！」

クロウが連続で剣を振る。

まったく洗練されていない剣術だが、そのリーチと斬れ味が、俺を前進させないようにしていた。

「鬱陶しい……！」

向かい来る血の刃を、剣で叩き折る。

しかし、血の刃は一瞬元の液体に戻ると、再び凝固して襲い掛かってきた。

「無駄だ！　オレの魔力が尽きない限り、血は何度でもテメェに襲い掛かる！」

ギリギリで身を屈め、俺は刃をかわす。

すると何を思ったか、クロウは自身の手から剣を手放した。

「〝血戦器〟――――〝玉《ぎょく》〟」

刃だった血液が、今度は無数の球体に変化する。

そしてクロウが俺を指差した瞬間、その球体は、一斉に襲い掛かってきた。

「チッ……」

舌打ちをしながら、俺は剣で球体を打ち落とす。

しかし、すべてを打ち落とした瞬間、宙を舞った血のしずくが集まり、ひとつの大きな幕となって俺の視界を覆い隠した。

「〝血戦器〟――――〝槍《そう》〟！」

クロウの声がした次の瞬間、幕を貫くようにして、赤き槍が俺の胸元目掛けて飛び込んできた。

あの野郎、撃ち出すときに相当な魔力を注ぎ込んだらしい。

とっさに剣で受け止めた瞬間、俺は強い衝撃を受けて大きく後退させられた。

距離を取られるのは、かなりまずい。近づかない限り、こっちは武器を投げるくらいしか攻撃手段がない。

「あのときみたいに、また剣を投げるか？　今のオレには通用しねぇけどな」

クロウは、血のナイフで自分の両手首を深く切り裂いた。

おびただしい量の血が、傷から一気に溢れ出す。

一見すると、ただの自傷行為。しかし、血液を操れるクロウにとっては、出血はすべて己の武器となる。

「〝血戦器〟――――〝大玉《たいぎょく》〟」

大量の血液がひとつの塊となる。

血液の中には、尋常ではない量の魔力が含まれていた。

「……その出血でよく生きてんな」

「オレの魔術は、自分の血を自在に操るって言っただろうが。いくら血を流そうが、魔力がある限りオレは無敵だ！」

魔力さえ残っていれば、武器は無限ということか。

これは、想像以上に面倒だな。

「そら、これが防げるか？」

巨大な血の塊が、俺に向かって撃ち出される。

実のところ、この攻撃はだいぶまずい。

先ほど弾いた血の球体が、空中で集まって幕状になったように、自分の手から離れた血すらもクロウは自在に操れる。

たとえ血の塊を両断できたとしても、第二第三の攻撃がすぐさま飛んでくるはずだ。この量の血液を使えば、俺を拘束することは容易いだろう。

――――だからって、斬らねぇわけには……。

「ゼレンシア流剣術……！　〝青天〟！」

魔力を纏わせた剣を、横薙ぎに振る。

巨大な血の塊を両断することには成功したが、すぐに飛び散った血液が俺を取り囲み、全身に絡みついてきた。

「くっ……」

絡みついた血液が硬質化し、俺の動きを阻害する。

その隙を突いて、クロウは俺に近づいてきた。

「いたぶってやるよ！　じわじわとなァ！」

いまだに手首から溢れ続ける血が、クロウの両腕を覆う。

「〝血戦器〟！　〝拳《けん》〟！」

放たれた拳が、俺の胸と腹を打つ。

全身を魔力で覆ってダメージの軽減を図るが、それでも衝撃までは殺しきれない。

俺は勢いよく吹き飛ばされ、地面を転がった。

「男にはまったく興味ねぇが、テメェだけはこの手で嬲《なぶ》り殺さねぇと気が済まねぇ。楽に死ねると思うなよ？」

「……まいったな」

殴られた拍子に、血の拘束は解けていた。

体についた砂を払いながら、俺は立ち上がる。

「さすがはレベル４ってところか。ひと筋縄じゃいかねぇな」

「おいおい、これから死ぬっていうのに、強がってる場合か？」

そう言いながら、クロウは俺を嘲笑《あざわら》った。

「そろそろ魔術のひとつでも使ったらどうだ？　このままじゃ張り合いがなさすぎる」

「……んなもん使えねぇよ」

「――――は？」

そう、俺は魔術が使えない。

魔術には、人の潜在意識が大きく関わっている。

その人が抱えている様々な事情が、発現のきっかけとなるのだ。

たとえばシャルたそなら、両親から愛してもらえない寂しさを埋めるべく、友達を求めて精霊魔術が発現したと公式ガイドブックに書いてある。

カグヤなら、実験体という抑圧された環境から解放されたくて、世界の理《ことわり》すらも捻じ曲げる力を手に入れたという設定がある。

彼女たちは、総じて強い欲望を持っていた。……それに対して、俺はどうだろう。

強い欲望なんてひとつもないし、結局のところ、何者にもなれなかった根っからの凡人だ。この世界に生まれてから死ぬほど鍛錬したけど、魔術だけはどうやっても発現しなかった。

「ははっ……はははははは！　マジか！　マジかよ！　このオレに挑んでおきながら、魔術すら使えない⁉　こいつは傑作だ！」

ゲラゲラと笑いながら、クロウは俺に見下すような視線を向ける。

「まったく……舐められたもんだなぁ。魔術なしで俺に勝てるとでも思ってたのか？」

「まあな」

「……なに？」

「魔術なんて使えなくても、お前なんかに苦戦しねぇよ」

クロウの顔に、みるみる怒りの表情が浮かんでいく。

とことん煽りに弱いやつだ。狡猾《こうかつ》でありながら、直情的で負けず嫌い。

扱いやすくて、本当に助かる。

「ハッタリばっか言ってんじゃねぇよ……！」

宙に浮いていた血液が、再びひとつに集まっていく。

その大きさは、すでに〝大玉《たいぎょく》〟を遥かに超えていた。

「〝血戦器〟……！　〝星玉《せいぎょく》〟！」

巨大な血の塊が放たれる。

これを斬り払うには〝青天〟よりもさらに広範囲に作用する技が必要だ。

「ゼレンシア流剣術……〝蜷局《とぐろ》〟！」

体を大きく捻りながら、剣を振る。

すると竜巻状の斬撃が放たれ、血の塊を吹き飛ばした。

「まだだァ！」

クロウが残忍に笑うと、吹き飛んだ血が鋭利な槍へと変化する。

それらは俺を囲うように配置され、その刃先を真っ直ぐ俺に向けていた。

「ハリネズミにしてやるよ……！」

俺を串刺しにしようと、数多の槍が飛んでくる。

これをすべて弾いたところで、再び形状を変えて襲ってくるだけ。

「あんまりやりたくねぇけど……仕方ねぇな」

……ここで、ブレアスの仕様について少し話しておこうと思う。

魔力――――ゲーム内で言うところのＭＰは、エヴァーマウンテンで行える〝滝行〟によって増やすことができる。　根気さえあれば、仲間のＭＰをすべてカンストさせることも可能だ。

俺はこの滝行を、五年以上やり続けた。

そうしているうちに、ゲームと違って、この世界にカンストという概念はないことに気がついた。

上限なく伸び続けた俺の魔力は、もはや魔力の常識を覆していた。

「――――〝魔力解放《マナバースト》〟」

魔力を爆発的に解放することで、俺は迫り来る槍をすべてかき消した。

「……は？」

血の槍がすべて蒸発して消えたのを見て、クロウは目を丸くした。

魔力解放《マナバースト》――――超高密度で放たれた俺の魔力は、クロウの魔力を打ち払い〝血器魔術〟の効果をリセットした。

「あんまりやりたくねぇんだよ、これ。なんてったって、目立ちすぎるからさ」

魔力を解き放ったまま、俺はクロウへ歩み寄る。

顔を引きつらせたクロウは、すぐに魔術を使用した。

「〝血戦器〟！〝刃〟！……あ、あれ？」

手首から溢れ出る血が、再び刃を形作ろうとする。

しかし、その血は決して固まることなく、そのまま地面に落ちた。

「無駄だ。俺の魔力領域にいる時点で、お前は魔術が使えない」

「な、なんだと……!?」

超高密度の魔力は、相手の魔術を打ち消す。

要するに、俺の魔力が満ちた空間では、いかなる者も魔術を使用することはできないということだ。

まあ、俺よりも魔力量が多い者であれば、その限りではないが――――。

「そ、そんなバカな話があるか……！　魔力だけで魔術を封じるなんて……そんなことできるわけが……」

「できるから、ここに立ってんだよ」

この力の欠点を探すとしたら、それは周りに人がいない状況でなければ使えないこと。街中で使うなんてもってのほか。一般人が俺の魔力領域に入れば、とてつもないダメージを受ける。

現状、この空間にいて無事で済むのは、カグヤくらいのものだ。

「ボス戦で無双したいからさ、とにかくレベルを上げて挑むタイプなんだよな、俺って」

さらに魔力を解き放つ。

するとクロウは、その場で膝をついてしまった。

「なんだ……!?　い、息が……このオレが気圧されてるとでも――――」

「やっぱりビビりだな、お前。さすが、俺を怖がって狩りのスタイルを変えただけのことはあるよ」

「っ！　うるせぇ……！　オレを舐めるナァァ！」

拳に魔力を纏わせ、クロウは殴りかかってくる。

魔術が使えないなら、肉弾戦で。そう考えたのだろう。

その判断自体は、間違いではない。自身を魔力で覆うことで、俺の魔力から身を守ることができるし、それを妨害できるほど、魔力領域は便利じゃない。

ただ、正解というわけでもない。

「……今更、そんな攻撃で俺が傷つくと思ってんのか？」

「ぐっ……ぎゃぁぁあああ！」

俺の体を殴りつけた瞬間、クロウの拳が砕ける。

これだけの魔力を纏った俺にダメージを与えたいなら、山のひとつでも落とさないと難しいだろう。

「なんて……さすがにそれは冗談として」

「ごっ――――」

俺はクロウの顔を殴り飛ばす。やつは勢いよく後方へ吹き飛び、俺の魔力領域から出た。

俺の魔力総量は、特級勇者であるカグヤすら遥かに上回る。

軽く小突くような拳でも、膨大な魔力を纏わせたら、必殺の一撃になる。

「あぐっ……ち、ちくしょう……」

ぜぇぜぇと肩で息をしながら、クロウは立ち上がる。

相当な重傷を負ったはずだが、その傷はすでに治り始めていた。

魔族の治癒能力と、俺から離れることで使えるようになった血器魔術の力で、傷を再生させているようだ。

「さて、どうする？　吸血鬼野郎。また逃げるか？」

――――まあ、絶対に逃がさねぇけど。

こいつには、これ以上好き勝手やらせるわけにはいかない。

何人もの被害者を出してまで、ようやく追い詰めたのだ。

ここで確実に仕留める。

「ふざけるな……あれだけ血を吸ったオレが、こんなところで負けるはずねぇんだ……！」

クロウが俺に向かって血の塊を飛ばす。

しかし、それは決して俺に届くことなく、魔力領域に入った瞬間ただの血液になってしまった。

「無駄だ。お前の攻撃じゃ、いくらやっても俺には届かない」

「来るな……来るなぁぁぁあああ！」

パニック状態になったクロウは、がむしゃらに攻撃し続ける。

その間に、俺はやつの眼前へとたどり着いた。

「なんなんだよ……なんなんだよ⁉　テメェはよォ⁉」

「ずいぶん遠回りしちまったが……これで終わりだ」

俺は剣を振り上げる。

それを見たクロウの顔が、恐怖に染まった。

「テメェなんか……ただのモブだろうが……！」

「ああ、そうだ。間違いなく、ただのモブさ」

――――俺も、そして、お前も。

「ゼレンシア流裏剣術――――〝魔神白滝《まじんしらたき》〟」

膨大な魔力を纏わせた剣を、ただ真っ直ぐ振り下ろす。

その一撃は、クロウを真っ二つに斬り裂き、背後の山を大きく抉り取った。

「……ふぅ」

クロウが絶命していることを確認して、俺は剣を鞘に戻す。

そしてはるか先まで続く大きく抉れた地面を見て、俺は冷や汗をかく。

――どうしようね、これ。

いくら殺意マシマシだったからといって、これはさすがにやりすぎたかもしれない。

エルダさんにどう言い訳したものか……。

「……まあ、いっか」

いざとなったら、カグヤにすべての手柄を押し付けよう。

「っと、噂をすれば……」

振り返ると、向こうにカグヤとシャルたその姿が見えた。

カグヤはともかく、シャルたそが無事であることに安堵する。

「魔族を山ごと真っ二つにするなんて、さすがは私の夫ね」

「だから、お前の夫になったつもりはねぇって……」

何故か自慢げにしているカグヤの隣で、シャルたそも得意げな顔をしていた。

「シルヴァ、聞いて」

「ん？　どうした、シャルたそ」

「私もレベル3を倒した」

「おおぉぉぉ！　すごいじゃないか！」

胸を張るシャルたそに、拍手を送る。

すると、カグヤは不満をあらわにしながら鼻で笑った。

「私が来なければ死んでたくせに、何をそんな威張ってるのかしら？　もう少し私に感謝したら？」

「だから、私は負けてない。魔族がズルしただけ」

「戦いにズルもへったくれもないわ。考えが甘いんじゃない？」

「……じゃあ、次は絶対ひとりで勝つ」

「そう。せいぜい頑張ることね」

二人が睨み合い、火花が散る。

あのカグヤとここまで言い争いができるとは……成長したな、シャルたそ。嬉しすぎて、オタクは今この場で号泣しそうです。

◇◆◇◆◇◆

「ん……」

騎士団本部の地下牢で、花屋の娘であるユリアは目を覚ました。

「な……なにこれ」

両手両足を縛られ、ユリアは牢屋に入っている。

牢の外には、鎧を身につけた騎士。周囲には、七人の女が同じ状態で転がっていた。

ユリアがパニックになりかけたそのとき、牢の外にいた騎士がハッとした様子で叫んだ。

「っ！　目覚めたぞ！　騎士団長を呼べ！　今すぐだ！」

騎士がどこかに向かって叫ぶ。

すると、しばらくしてひとりの銀髪の女が現れた。

「っ！　よくぞ……よくぞ目覚めてくれた！」

「あ、あなたは……」

「私はエルダ。ゼレンシア王国第一騎士団の団長だ」

ユリアは、彼女の顔に見覚えがあった。

確かに、何度か騎士団を率いている姿を見たことがある。

「ここは騎士団の地下にある拘置所だ。訳あって貴女たちを拘束させてもらっているが、間もなく解放する。もうしばらくだけ、そこで辛抱していてくれ」

「え、ええ……」

「ああ、それと……すまないが、右手を見せてくれないか？」

「右手？」

言われるがままに、ユリアはエルダに右手を見せる。

なんとも綺麗なその手を見て、エルダはホッと胸を撫で下ろす。

「痣が消えている……やはり、やってくれたんだな」

クロウが倒されたことで、女たちの体は元に戻っていた。

間もなく全員が意識を取り戻すだろう。

後遺症の存在が気がかりだが、ひとまずエルダは、無事魔族が討伐されたことに喜びを覚えていた。

「この功績には、しっかりと褒美をやらねばな」

まだシルヴァが討伐したとは限らないのだが、エルダの頭の中では、すでに彼の功績へと変換されていた。

騎士団の鎧を身に纏ったシルヴァの姿を想像し、エルダはうんうんと頷いた。

エピローグ◆モブ兵士、日常に戻る

「レベル3とレベル4の襲撃を受けて、死者ゼロ……この結果はさすがに驚いたな」

後日。俺を呼び出したエルダさんは、報告書を読みながらそうつぶやいた。

「素晴らしい働きだったな、シルヴァ。上司として、私はとても誇らしく思うぞ」

「何度も言いましたけど、やったのはカグヤですからね」

「はっはっは！　そんなに謙遜するな！　自分がレベル4を倒したと、胸を張っていいんだぞ？」

俺は張り付けたような笑みを浮かべる。

そしてエルダさんも、己の思惑を笑顔で隠そうと必死のようだった。

「……まあ、死者がいなかったのは、ちょっとできすぎですけどね」

実戦演習への魔族の乱入。

世間を賑わせるほどの大事件が起きたにもかかわらず、犠牲者はひとりもいなかった。

重傷を負ったのは、学園の教師であるリーブさんと、その生徒であるアレン。

二人とも、内臓損傷に全身複雑骨折というひどい怪我だったが、回復系の魔術が使えるマルガレータを中心にした献身的な治療によって、一命を取り留めた。

俺は今、心の底から安堵している。

まさか、アレンがレベル3相手に後れを取るとは思っていなかったから、俺のほうではなんの対策もしていなかったのだ。

彼が死んでいたら、果たして本編はどうなっていたのだろう？

――想像したくねぇな。

「拉致されていた女たちは、特に後遺症もなく普段の生活に戻れたようだ。それに伴い、ダンへの減刑が検討されている」

「……そうですか」

それに関しても、俺は胸を撫で下ろした。

脅されていたとはいえ、ダンさんが吸血鬼に協力したという事実は消えない。

きっと他の誰でもなく、ダンさん自身が自分を許さないだろう。

しかし、おかした罪以上の罰を、自身に課さないでほしい。

今はただ、そう切に願うばかりだ。

「彼が減刑されるのも、吸血鬼が倒されたおかげだ。……できることなら、貴様にすべての功績を押し付けて昇進させたいところなのだが」

「脅しみたいに言いますね……」

「生憎、騎士団内部ではすべてが特級勇者の功績ということになってしまっている」

そりゃそうだろう。

レベル3以上の魔族が二体同時に襲ってきて、前線に出た騎士を含めて死者ゼロなんて、本来であればありえない。

ただ、特級勇者がいれば話は別だ。カグヤを投入すれば、敵がレベル3以上の軍勢だったとしても、ひとりで壊滅させられる。

たまたま居合わせた名も知らない兵士が魔族を倒したなんて、誰も信じるわけがない。

「貴様を昇進させるチャンスだと思ったんだがな……」

「残念でしたね。俺はまだまだ門兵に縋《すが》りつきますよ」

「胸を張って言うことじゃないぞ、それ」

エルダさんが、呆れた様子でため息をつく。

「はぁ……まあよかろう。貴様はいずれ騎士になる運命……焦って手を出さずとも、おのずと貴様は昇進する」

――――どうしてそんな怖いこと言うの……。

「シルヴァ……レベル4との戦いのこと、もう少し詳しく聞かせてくれないか？」

「……はい、分かりました」

そうして俺は〝パンデモニウム〟についてエルダさんに話した。

〝パンデモニウム〟についての情報は、ゲーム本編でガレッドの口から語られる。

情報公開のタイミングとしては、今で間違いないはずだ。

「魔族たちの組織、か……それは厄介だな」

「組織の目的は、勇者を全滅させることで、自分たちが自由に生きられる世界を作ることです」

魔族にとっての自由とは、思うがままに弱者を蹂躙できる世界のこと。

弱者を貪り、己の欲望を満たすためだけに生きる。

勇者がいなければ、暴れる彼らを止められるものなど存在しない。

世界は魔族で溢れ、人類は絶滅するか、玩具《おもちゃ》にされるかの二択しかない。

「魔族どもが手を組んだとなれば、ますます警戒を強めなければならん……まったく、厄介な事態になったものだ」

エルダさんは一瞬眉をひそめるが、すぐに表情を元に戻した。

「〝パンデモニウム〟については、至急対策会議を行う。今回はご苦労だったな、シルヴァ。もう下がっていいぞ」

「はい、失礼します」

俺は礼をして、部屋をあとにしようとした。

「――――シルヴァ」

ドアノブに手をかけた俺を、エルダさんが呼び止める。

「また何かあったときは……貴様を頼ってもいいか？」

いつになく頼りないエルダさんの瞳を見て、心臓がドクンと跳ねる。

なんだかんだ言って、エルダさんだってヒロインの一角なのだ。

何度も彼女を攻略した俺は、その魅力をよく知っている。

強く、気高く、どこか抜けてて、我儘《わがまま》で、子供っぽい。

いくら普段は厄介な上司と認識していても、魅力的なものは魅力的だ。

「……いつも通り、命令してくださいよ。そしたら、いつでも駆けつけますから」

精一杯かっこつけた声でそう言った俺は、そのまま部屋をあとにした。

あらやだ、なんか照れちゃうわ。

◇◆◇◆◇◆

「はぁ……やっぱこれだよなぁ」

ようやく東門の仕事に戻った俺は、澄み切った空を見上げてそうつぶやいた。

前線で魔族と戦うなんて、やっぱり性に合わない。

俺みたいなモブは、ダラダラ仕事しながら、こうやって空を眺めているのがお似合いだ。

いつも通りの環境に戻ってきた俺は、自身の心がスッと落ち着いていくのを感じた。

少し離れた位置には、相変わらず無口なヤレンくんがいる。

急に俺がいなくなったことにも特に関心がなかったようで、今日もペコっと挨拶されるだけで、話を聞かれるようなこともなかった。

職場に過度なコミュニケーションを求めていない俺としては、それくらいドライでいてくれたほうがありがたい。

「シルヴァ」

「ん？　あ、シャルたそ」

声をかけられて振り返ると、そこには我が推しであるシャルたそがいた。

相変わらず可愛いな、シャルたそは。抱き枕にして寝たら、きっと気持ちがいいだろう。

「……さすがに抱き枕にされるのは恥ずかしい」

「あ、あれ？　声に出てた？」

「バッチリと」

途端に顔が熱くなる。

妄想が口から漏れてしまう癖、できれば早々に治したい。

「……それにしても」

改めてシャルたそを見てみると、内包された魔力がますます増えているのを感じた。実戦演習が終わってからも、絶えず鍛錬している証拠だろう。

魔力は鍛錬次第で増えていくが、精神の成長――ようはひと皮むけることで、その総量が大きく増える。

アレンとの決別、そして〝試練の森〟での一件が、彼女をより強くしたようだ。

「……なに？　ジロジロ見て」

「あ、ごめん。相変わらず可愛いなぁと」

「……それ禁止」

赤くなった頬を膨らませ、シャルたそは恥ずかしそうに俺を咎める。

何をしても可愛いな。天使にもほどがある。

「――――あら、浮気の現場を見ちゃったわ」

突然、上空からそんな声が聞こえてくる。

「お前はほんとに……神出鬼没だなぁ」

「褒めてくれて嬉しいわ」

「褒めてねぇよ……」

カグヤは俺たちのそばにふわりと舞い降りた。

カグヤの姿を見るのは、実に数日ぶりだ。

失った魔力を回復するため、月光浴をしていたのだろう。

思えばカグヤのことも、ずいぶんこき使ってしまったな。

「……ありがとな、カグヤ。お前がいてくれたおかげで、大事にならなくて済んだよ」

「……アナタが素直に礼を言うなんて、悪いものでも食べた？」

「俺ってそんなにひどいやつだったか!?」

「ふふっ、冗談よ」

そう言って、カグヤは珍しく素直で優しい笑みを浮かべる。

うむ、まいったな。さすがはブレアスのヒロイン、ここに来てとんでもない魅力を見せつけてきやがった。

――――贅沢な立場だな、こりゃ。

愛しのヒロインたちに囲まれ、楽しくおしゃべりしている。

モブにはもったいないくらい、最高の人生だ。

ていうか、ここまで深くメインキャラとかかわっておいて、モブを名乗るのは無理ないか？

――いや、自惚れるな、俺……。

あくまで俺は、しがない門兵。

吸血鬼の事件にかかわったのは、あくまで本編にない事件だったからだ。

なんなら、自分が生んだイレギュラーを解決しただけと言ってもいい。

これからも、俺はこのスタンスを変えずに生きていこう。

少なくとも、本編が終わるそのときまで……。

「あ、そうだわ。シルヴァに話しておきたいことがあったのよ」

「ん？」

突然そう切り出したカグヤは、シャルたそのほうへ視線を向けた。

「この子、勇者に推薦しておいたわ」

「「……え？」」

俺とシャルたそは、揃って目を丸くした。

どうやらまた、本編にはない事件が起きそうだ……。

番外編◆推しヒロイン、修行する

森の中に、耳をつんざくほどの轟音が響き渡った。

「はぁ……はぁ……」

その少女――シャルル＝オーロランドは、息を切らしながら悪路な森の中を駆けていた。

それなりに高さのある段差を跳び下りた瞬間、背後の地面が勢いよく爆《は》ぜ、その小さな体は勢いよく吹き飛ばされた。

「ぐっ……⁉」

すでに何十回と吹き飛ばされているシャルルは、空中で体勢を立て直し、なんとか着地を決める。

「――上手く反応するようになってきたわね。感心よ」

日傘をくるくると回しながら、シャルルの師を任されているカグヤはそう言った。

シャルルの背に攻撃を仕掛けていたのは、他でもないカグヤだった。これも、すべてはシャルルの修行のため。どこから飛んでくるか分からない攻撃に備えるための、大事な鍛錬である。

「……さっきから、当たったら死ぬ攻撃ばかり」

「あら、それくらいじゃないと修行にならないわ」

「死んだら、修行もへったくれもない……」

「じゃあ、頑張って避けないとね」

――会話が噛み合ってない……。

不満をあらわにしながら、シャルルはカグヤを睨む。しかし、そんな視線をカグヤが意に介すはずもなく……。

「まだまだ元気いっぱいね。安心したわ」

にっこりと微笑んだカグヤは、指をひとつ鳴らす。すると周囲に生えていた木々がボコボコと浮かび上がり、シャルルに向かって飛来した。

「っ……！」

とっさに横に跳ぶことで、シャルルは回避に成功する。ついさっきまで自分が立っていた場所の地面が、今の攻撃でグチャグチャになっているのを見て、シャルルは冷や汗をかいた。

――これが、特級勇者の攻撃……。

カグヤの魔術は、重力を操る。重力の向きや強さを自在に操ることで、相手の自由を奪いながら多様な攻撃を仕掛けることができる、隙のない能力だ。その分、重力魔術の発動には膨大な魔力が必要となるが、桁違いの魔力総量を持つカグヤには、特にデメリットというわけでもなかった。

「よくかわしたわね。まあ、手加減してあげたけど」

「そういうことは言わなくていいと思う」

「いやよ。あなたを調子に乗らせたくないもの」

「……性格が悪い」

シャルルの口がへの字に曲がる。そんな彼女をよそに、カグヤは攻撃を続けた。

木に続いてカグヤが飛ばしたのは、近くにあった大きな岩。今度は、さっきのような回避方法では間に合わない。

「当たったら痛いわよ」

「痛いで済めばいいけど……」

シャルルは手を打ち鳴らし、フェンリルを顕現《けんげん》させる。リルの持ち味は、スピード。加減された攻撃であれば、シャルルを背に乗せた状態でも回避は容易だ。

「リル、行くよ」

シャルルがそう言うと、リルはひとつ吠えて地を駆ける。

「へぇ、今度はあなたの番ってことね」

「やられっぱなしは、性に合わない……！」

対応力を磨く鍛錬というていだが、別に攻撃してはいけないルールはない。むしろ、攻撃は最大の防御なんて言葉もある。ここで攻撃を仕掛けに行くシャルルの判断は、間違いではない。

「いいわね、大歓迎よ」

カグヤは、迎え撃つ意思を見せる。まずは重力魔術を解除。体を魔力で覆い、肉弾戦の姿勢を取った。

「リル！」

リルから跳び下りたシャルルは、全身を覆う魔力量を増やした。シャルルの〝精霊魔術〟の強みは、手数の多さにある。自身と精霊で常に多対一の状況を作り出し、相手を翻弄する。それに、精霊はそれぞれ固有の能力を持っている。その強みを活かすように立ち回れば、シャルルの戦闘パターンは無限に広がっていく。

低く唸りながら、まずリルがカグヤに向かって飛びかかる。それをカグヤがひらりと交わした瞬間を狙って、今度はシャルルがナイフを持って飛びかかった。

――ナイフに魔力を集中……！

シャルルは、肉弾戦を得意としていない。致命的なまでに運動神経がないため、拳すら上手く繰り出せない。その欠点を少しでも補うために、ナイフを持つことにした。

魔力を纏《まと》わせれば、刃渡りが短いナイフでも、強力な武器となる。カグヤの胸元を狙い、シャルルは思い切りナイフを突き立てた。

「……狙いはいいけど、残念ね」

「っ⁉」

突然、シャルルの手からナイフが天高く弾かれる。

ナイフを弾いたのは、カグヤの纏っている魔力の鎧だった。

「今のあなたの魔力強化では、私が纏った魔力を貫くことはできないわ」

「……しまった」

カグヤは指に魔力を纏わせ、シャルルにデコピンする。なんてことない攻撃のはずなのに、シャルルの意識は呆気なく飛んでしまった。

それから、一時間ほど時が過ぎた。

「ん……」

目を覚ましたシャルルは、頭の痛みに耐えながら体を起こした。

――――またか……。

こうして気絶するのは、これが初めてというわけではない。むしろ、カグヤの鍛錬が始まってから、すでに何十回と気絶させられている。

「……情けない」

顔を歪め、シャルルは拳を握りしめる。まだ勇者ですらない自分が、特級勇者に敵うとまでは思っていない。しかし、あまりにも差が大きすぎる。

果たして、努力でこの差を埋めることはできるのだろうか――――。

シャルルの中に、決して小さくない不安が広がり始めていた。

「あら、ようやく目を覚ましたのね」

シャルルが顔を上げれば、木の上にカグヤの姿があった。

プライドの高いカグヤは、必ず人を見下ろせる位置を陣取る。彼女が対等な視点で接する相手は、どこかのモブ兵士だけである。

「……カグヤ」

「何かしら」

「私は……強くなれてる?」

シャルルがそう問いかけると、カグヤは深くため息をついた。

「デコピンされすぎて、弱気になっちゃったのかしら」

「……そうかもしれない」

「はぁ……そんなこと考えている暇があるなら、少しでも技を磨いたら?」

カグヤの言葉は、決して意地悪で言っているわけではなく、ただの本音でしかなかった。

常に最強であるカグヤは、弱者の気持ちが分からない。だからといって、見下しているわけではない。強くなりたいのであれば、努力すればいいだけだ。余計なことを考えず、ただがむしゃらにもがけばいい。しかし、人の感情というのは、そんな単純なものではない。それが分からないからこそ、カグヤと会話が噛み合う人間は少ないのだ。

「確かに……そうだね」

シャルルは、カグヤの言葉に悪意がないことを知っている。逆に、飾らない言葉をぶつけてくれるところに、感謝すら覚えていた。

実戦演習の日が迫る中、弱気になっている場合じゃない。そんなことは分かっている。

分かっているのだが――――。

「……世話が焼けるわ」

再びため息をついたカグヤは、木から降りてシャルルの隣に立った。

「あなたの〝精霊魔術〟は、優秀な力よ。ただ、今のあなたじゃ、その力をまったくと言っていいほど使いこなせていない」

そう言いながら、カグヤは指を二本伸ばす。

「その原因は二つよ。まずひとつめ、あなた本人に戦闘センスがまったくない」

「……」

「〝精霊魔術〟の本領は、手数と手段の多さ。せっかくリルとあなたで多対一の状況を作れるのに、あなたがまったく戦力になっていないせいで、強みが潰れている」

シャルルは複雑そうな表情を浮かべたが、自分にセンスがないことは、当然自覚していた。

かと言って遠距離から攻撃できる手段を持とうにも、火や水などの属性魔術は、肝心な〝精霊魔術〟が乱れてしまうため扱えず、遠距離武器への適正も皆無なせいで、むしろ何もしないほうがリルが戦いやすいという状況だった。

「そしてふたつめ、契約している精霊の数が少ない」

「うっ……」

「あなたは精霊の数だけ戦い方を選ぶことができるのに、現状戦闘で使える精霊はリルだけ。これでまともに戦えると思う？」

問題の本質は、このふたつめにあった。

戦闘センスに関しては、もはや諦めたほうがいい。下手に前に出ることは、自らを危険にさらすだけだ。その点、後ろで指示役に徹すれば、リルが敗北したとしても、術者であるシャルルだけは逃げられるかもしれない。リルは時間経過でまた顕現が可能になるが、術者本人がやられてしまっては元も子もない。

「手っ取り早く強くなりたいなら、使える精霊を探しなさい。でも、それで自分の鍛錬を怠るようなら、そのときは殺すわ」

「ひどい脅し……」

「日々忙しい特級勇者の時間をあなたのためだけに割いてあげてるのよ？　これで強くならなかったら、死をもって償ってもらうしかないわ」

そう言いながら、カグヤはあくびをこぼす。

ここまでちぐはぐな言動ができることに、シャルルは逆に感心した。

「……忙しいで思い出したんだけど、最近任務をひとつ依頼されたのよね」

自由気ままに過ごしているカグヤは、勇者としての任務すらも選り好みをする。

彼女が思い出した任務は、難易度的には三級勇者で事足りる比較的簡単な任務。いつもなら一も二もなく断っていたところだが、今は少し事情が違う。

「あなた、私の任務に同行しなさい」

「……まさか、勇者の任務を私にやらせるつもり？」

「そのまさかよ。私の仕事を代わりにこなせるなんて、光栄に思いなさいな」

あまりにも堂々と仕事を押し付けられ、シャルルは言葉を失った。

◇◆◇◆◇◆

翌日、シャルルはカグヤと共に、王都から離れた地域にある村へと向かっていた。

「自分の仕事を素人に押し付けるなんて……絶対怒られると思う」

馬車の中で、シャルルは不満げに頬を膨らませていた。

結局、彼女はカグヤによって強引に任務に参加させられてしまった。任務の内容は、村の周辺を突如発生した巨大な蜘蛛の巣が囲んでしまい、村人が外に出られなくなっているのを救出してほしいというもの。十中八九、魔族の仕業である。しかし、肝心な犯人の姿は、今のところ目撃されていなかった。

「飛んできた伝書鳩によると、今のところ被害者はひとりだけみたい」

「……無視された」

「小さな男の子が、蜘蛛の巣が張られた晩に失踪したらしいわ。おそらく、犯人に攫《さら》われたのね」

それを聞いて、シャルルは息を呑んだ。

「……早く助けないと」

「ええ、早く助けてあげて？」

「無責任……」

「私は人助けをしたくて勇者になったわけじゃないわ。自由が欲しいから勇者になったの。この任務だって、あなたがいなければ無視していたし、元々私に責任感なんてあるわけないわ」

シャルルは、複雑そうな表情を浮かべる。

人の役に立つために勇者を目指すシャルルにとって、カグヤは理想から大きくかけ離れた存在だった。しかし、その強さは本物中の本物。強すぎるが故に、誰も彼女を咎めることができない。

ただ、実はこれでも丸くなったほうだった。

「まあ、シルヴァにどうしてもって頼まれたら、私はなんだってするけど」

そう言って、カグヤはどこか幸せそうに微笑む。自由を極めたはずのカグヤは、いつの間にか退屈に支配されていた。それを救ってくれたのが、最強《カグヤ》すらも凌駕する、どこぞのモブ兵士である。はたから見れば、ひどくくだらない理由かもしれない。逆に言えば、カグヤの感覚を理解できるものは、同じレベルでモノを語れる存在ということだ。

「……」

シルヴァを想うカグヤを見て、シャルルは自身の胸がチクリと痛んだことに気づいた。


しばらくして、馬車が止まった。

降りてみると、目の前には辺り一面を覆いつくす白い蜘蛛の巣があった。

「村に入るには、風穴を開けないとダメね」

「どうするの?」

「こうするのよ」

カグヤが指を弾けば、巣の一部が地面ごと吹き飛んだ。その際に舞い上がった土埃《つちぼこり》で、シャルルは何度か咳き込む。

「げほっ……びっくりするから、やる前に言ってほしい」

「残念だけど、私って人を驚かせることが好きなのよ」

意地悪な笑みを浮かべつつ、カグヤは抉《えぐ》れた地面を進んでいく。

シャルルは小さくため息をついたのち、その背中を追いかけた。

「おお！　あなた方は……！」

村に入った途端、轟音を聞きつけた村人たちが、二人を取り囲んだ。

「勇者様ですよね⁉」

「ええ、そうよ……この方がね」

村長らしき老人に問いかけられたカグヤは、きょとんしているシャルルをズイッと前に押し出した。

「え？」

「この方は凄腕の勇者様よ。きっとすぐにこの村を救ってくださるわ」

カグヤがそう言うと、村人たちは歓声を上げた。

「お若いのになんて心強い……！」

「い、いや……私は――」

否定しようとするが、村人たちの希望に満ちた目を見て、シャルルは口を閉じた。

彼らのように、助けを求めている人々に手を差し伸べるのが、シャルルの思い描く勇者の姿。

ここで勇者ではないと否定すれば、彼らは絶望するだろう。

「……私が、なんとかする」

「おお！　これは頼もしい！」

村長の差し出した手を、シャルルは握った。


「……どうしてあんなこと言っちゃったんだろう」

人気のなくなった村で、シャルルは項垂《うなだ》れた。

そんな彼女を、カグヤがケラケラと笑いながら見ていた。

「最高の啖呵だったわ、勇者サマ」

「カグヤ、さすがにあれは悪ふざけがすぎると思う」

シャルルが睨みつけると、カグヤはしれっと顔を逸らす。

「まあいいじゃない。どうせ私たちが来た時点で、彼らは助かったんだから。あなたが勇者じゃなかったとしても、何も関係ないわ」

「まあ……そうだけど」

村の中には、もう村人はひとりもいなかった。先ほどカグヤが巣に穴を開けたことで、全員を村から逃がすことに成功した。あとは攫われた子供を助け出し、魔族を倒せばいいだけだ。

「……攫われた子、無事かな」

「無事よ。十中八九ね」

「どうしてそう思うの？」

「薄汚い魔族は、常に狡猾な思考を持ってるわ。すでに村を巣で囲んでいるのに、どうしてひとりだけ攫ったのかを考えれば、生きていることはすぐに予想がつく」

「……人質」

「あら、思ったよりも賢いじゃない」

カグヤは、シャルルの頭に手を載せる。

それを払いのけたシャルルは、小さくため息をついた。

「蜘蛛の巣ってことは、魔族のタイプは蜘蛛型。蜘蛛は獲物を巣にかけて、ジワジワと追い詰める傾向がある……」

「そう。村人は、魔族によって追い詰められている状況だった。このまま行けば、全員をまとめて食い殺せるっていうのに、わざわざ獲物を――しかも、過食部位の多い大人じゃなく。非力な子供を攫った時点で、食料ではなく人質にされていると考えるのが妥当よね」

過食部位という言い方はどうかと思ったが、カグヤがしっかりと状況を把握していることに、シャルルは驚いた。

人格はともかく、カグヤは勇者に必要な才をすべて持ち合わせていた。

――少しでもその才を盗めたら……。

シャルルは、この場における目標をそこに定めた。

「巣を作るタイプは、少なくとも獲物を追いかけるような真似はしないわ。村人を諦めた魔族は、この場に残った私たちに狙いを定める。敵が姿を晒すまで、のんびりと待つわよ」

「待つって……どれくらい？」

「さあ？　向こうが出てくるまでよ」

「……食料持つかな」

村人たちは、閉じ込められている間に食料をほとんど食い潰してしまった。

わずかに残った食料は、二人を一週間ほど生かしてくれるだろう。それからさらに一週間は何も食べず生きていけるが、その頃には二人とも戦える状態ではなくなっている。

「ひとまず、今日はもう遅いわ。調査は明日にしましょう」

「子供を早く助けてあげたいんだけど……」

「夜は魔族の時間よ。日が暮れたら調査を止める。それが勇者の鉄則」

蜘蛛型ということ以外、魔族の正体がはっきりしていない状況で、視界が悪い中での調査は愚の骨頂。事件解決を急ぎ、不意打ちを受けて命を落とした勇者は、この世にごまんといる。

「本当に助けたいと思っているなら、準備を整えなさい。私たちが死んだら、子供も死ぬのよ」

「……分かった」

シャルルは、ギリッと奥歯を噛んだ。

早く助けたいなんてとんでもない。カグヤだけなら、不意打ちに怯える必要なんてない。とっくに魔族を倒し、子供を助けている。足を引っ張っているのは、シャルル自身――。

「ここはカグヤに従う」

「そうしなさい。それじゃ、まずは汗を流すわよ」

「……？」


「はぁ……」

温かい湯船に浸かったシャルルは、気持ち良さそうな声を漏らした。

ここは、村の住民なら誰でも利用できる、天然温泉の露天風呂である。

村の外の人間は使用料を払わなければ入れないのだが、彼女らを咎められる人間は、ここにはいない。

「でも、いいのかな、無断で入って」

「肩まで浸かっておいて、今更何を言ってるのかしら」

「……我慢できなかった」

「まあ、何か文句言われたら、あとで払えばいいのよ」

確かにと、シャルルはひとつ頷いた。

「……それにしても、あれなんだろう？」

シャルルの視線の先には、鳥のオブジェクトがあった。

「村中にあったわね、あのオブジェ。カラスに見えるけど……足が三本あるわ」

「守り神だったりするのかな……」

オブジェを見ていると、心が安らぐことにシャルルは気づいた。

今も、村を離れる村人を守ってくれていたりするのだろうか——シャルルはそんな風に考えながら、お湯で顔を洗った。

「……カグヤ」

「何かしら」

「やっぱり、待つのは性に合わない。できれば、こっちから仕掛けたい」

そう言われたカグヤは、首を傾げる。

「仕掛けるのは構わないけど、肝心の魔物の居場所が分からないのに、どうするつもり？」

「魔族の居場所は分からないかもしれないけど、人質の居場所なら、リルがいれば分かる」

「……なるほど、その手があったわね」

湯船から立ち上がったシャルルは、気合を入れるべく拳を握りしめた。

——絶対に助け出してみせる……。

一刻も早くシルヴァやカグヤに追いつくためにも、シャルルは決意を新たにした。

◇◆◇◆◇◆

「〝主は来ませり、今こそ顕現せよ〟――〝フェンリルヴォルフ〟」

翌日。日が高いのを見計らって、シャルルはリルを顕現した。

「リル、この匂いを追って」

シャルルが誘拐された子供の衣類を嗅がせると、リルはすぐに歩き出した。

どうやら村の外へ向かおうとしているらしい。

「巣の向こうかな」

「行ってみれば分かるわよ」

シャルルがリルを追い始めると、その後ろをカグヤがあくびをしながらついていく。

予想通り、リルは村の周りにあった巣を越えて、森の中へと入っていった。

森の中をしばらく進むと、やがて小さな洞穴《ほらあな》が見えてきた。

「ここから匂いがするの？」

シャルルが問いかけると、リルは肯定するかのようにひとつ吠えた。

リルを撫でたシャルルは、慎重に洞穴の中へと足を踏み入れる。

「……あれはなんだろう」

洞穴の奥へと進むと、そこには社のようなものが置いてあった。社の中には、村中にあったカラスのオブジェクトと同じものが飾られている。

「――お姉ちゃんたち、誰？」

そんな声がしたと思えば、社の裏側からひとりの少年が姿を現した。

外見は薄汚れてしまっているが、数日行方不明だった割には、弱っている様子は見受けられなかった。

「私たちは勇者。魔族に襲われている村を助けに来た」

「ゆうしゃ……さま？　じゃあ、村のみんなは無事ってこと⁉」

「うん。もうみんな避難してる」

「よかった……」

少年が胸を撫で下ろしたのを見て、シャルルは驚いた。

自分のほうがよほど怖い目に遭っているはずなのに、彼は村人の心配をしている。そんなこと、普通の少年にはとても真似できない。

「……あなたは大丈夫？」

「あ、僕は平気だよ！　だってヤタガラス様がずっと守ってくれてたから！」

「やたがらす様？」

「うん！　僕らの村を守ってくれてる、いだいなカラス様なんだよ？」

そう言って、少年は社《やしろ》のほうを指差す。

「ヤタガラス様が、僕を魔族のところから逃がしてくれたんだ！　それにお腹が空かないようにって、夜になるとご飯を持ってきてくれるんだよ？」

「そっか……そのヤタガラス様のおかげで、あなたは無事なんだ」

「うんっ！　でも、ずっとここから出られなかったから、村がどうなってるのか分からなくて……」

　急に安心したのか、少年はポロポロと泣き始めてしまった。シャルルは、そんな少年の頭をそっと撫でる。いくら守り神に守ってもらえていたとはいえ、相当心細かったのだろう。

「……あとは私がなんとかする。あなたは、もう少しだけここで待ってて？」

「うん……」

「いい子だね」

　再び少年の頭を撫でたシャルルは、立ち上がってカグヤのほうに向き直る。

「これで思う存分戦える……あとは、魔族を見つけるだけ」

「そうね。それで？　肝心の魔族はどうやって見つけるつもりなの？」

「大丈夫。無理に探さなくても、すぐに向こうから現れるから」

「……へぇ。じゃあ、お手並み拝見させてもらうわね」

　ひとつ頷いたシャルルは、そのまま洞穴の出口へと歩き始めた。


　その魔族は、捕らえた村人たちが弱っていくのを、ずっと待っていた。何日も何日も、ずっと待ち続けていた。もうじき食料が尽き、村人たちは飢餓と恐怖ですぐに食べ頃になる――はずだったのだ。

突然現れた部外者が、巣に穴を開けて村人たちを逃がしてしまった。今すぐ殺してやりたいところだが、特に、巣を吹き飛ばした髪が長いほうの女からは、危険な匂いがプンプンする。

真正面から戦うのは得策ではないことを、魔族は理解していた。

しかし、人質を使って一方的に嬲《なぶ》ろうとしても、肝心の人質をおかしなカラスの襲撃によって逃がしてしまった。居場所は分かっているが、そのカラスが邪魔をして奪い返すことができない。

何はともあれ、腹が減った。あの子供は、人質であると共に非常食だったのだ。村人と同じく、もう何日もまともに食べていない。なんでもいいから、肉が食いたい。早く洞穴から出てこい。

そうして、ついに我慢の限界を迎えた魔族は、洞穴から出てきた人影に向かって、勢いよく飛びかかった。

「――――ほら、見つけた」

シャルルは、自分に向かってくる魔族を見て、ニヤリと笑った。刹那、魔族の肩をリルの爪が深々と抉る。悲鳴を上げた魔族は、すぐにシャルルから距離を取った。

「ふーっ……ふーっ……」

「魔族はずっと、村人が弱るのを待っていた。逆に言えば、魔族は村人が弱るまで何も食べられないということ。空腹も理性も限界……となると、もうなりふり構わず襲ってくるしかないわね」

シャルルに次いで洞穴を出たカグヤは、魔族に憐みの視線を向けた。

「楽しみにしていた食事を邪魔してしまって、ごめんなさいね。まあ、謝罪の意味も分からないでしょうけど」

魔族は呼吸を荒くしながら、シャルルとカグヤを交互に睨みつけた。

人型の魔族――――それは、レベル2以上の存在であることを表している。この魔族は、下半身が体毛で覆われているものの、限りなく人型と言える外見をしていた。レベルで言えば、2になりたてといったところだろう。この状態では、まだ言語が通用しない。

「姿さえ見えれば、こっちのもの」

シャルルは、リルと共に構えを取る。いまだ活路を見いだせていないシャルルだが、カグヤとの鍛錬によって、実力は間違いなく伸びていた。今のシャルルが顕現したリルなら、レベル2にだって通用する。

「行って、リル！」

リルが駆け出す。それを見て、魔族は顔を引きつらせた。

バウッと吠えたリルが、魔族の片腕を噛み千切る。血をまき散らしながら、魔族は絶叫した。

「イアアァァアアアア⁉」

――――行ける……！

深刻なダメージを受けた魔族を見て、シャルルが勝利を確信する。

すかさず、リルがとどめを刺すために飛びかかった。

「……私は言ったわよ。魔族は常に狡猾な思考を持っているって」

ため息と共に、カグヤがそうつぶやく。

次の瞬間、リルの足がぴたりと止まった。

「なっ……」

体勢を崩したリルが、その場でもがき始める。よく見れば、リルの足元には白い糸がバラまかれていた。それは間違いなく、村を囲っていた蜘蛛の糸と同じもの──。

この魔族は〝クラウドスパイダー〟という魔物がベースになっている。クラウドスパイダーは、雲のようにふわふわとした糸を吐き出す魔物である。その糸に包まれた生物は、もがくうちにジワジワと弱っていき、最終的には糸ごとクラウドスパイダーに食われてしまう。そんな真綿で首を絞めるような狩猟方法から、地域によっては〝真綿蜘蛛〟などと呼ばれることもあった。

クラウドスパイダーが吐き出す糸は、少量であっても敵の動きを阻害するほどの粘着性を持ち、風で簡単に広がってしまうほどに細いため、肉眼で捉えにくい。まさに初見殺し。一度糸に触れてしまえば、簡単には脱出できない。

「イィィィハァァアアアア！」

魔族は歓喜の雄叫びを上げると、その背中から四本の蜘蛛の脚を生やした。元々の両手両足を含め、計八本。一本はリルの攻撃で欠損したものの、七本も残っていれば大した問題にはならない。そして、魔族は増やした脚の先から、大量の糸を吐き出す。リルに降りかかったそれは、瞬く間に絡みつき、その動きを完全に封じ込めてしまった。

───油断した。

シャルルは唇を噛む。勝利がすぐそこに見えてしまったことで、攻撃の指示を早まった。警戒を怠らなければ、糸にだって気づけたはずなのに。

「……」

勝利を確信した魔族が、シャルルにゆっくりと近づいていくのを、カグヤは無表情で眺めていた。リルを一度戻して、再び顕現させれば、糸から解放することは容易。しかし、再顕現には数秒のクールタイムを挟む必要がある。他の精霊を呼び出す際も同様だ。数秒あれば、生身のシャルルを蹂躙することなんて、魔族にとっては赤子の首を捻るようなものである。

――限界か。

カグヤが魔族を吹き飛ばそうとした、そのとき。突如として飛来した影が、魔族の背中の蜘蛛脚を、まとめて吹き飛ばした。

「イィィィィ!?」

再び魔族が悲鳴を上げる。そして、呆然と立ち尽くすシャルルの目の前に、三本脚のカラスが舞い降りた。

「……ヤタガラス」

シャルルがその名を口にすると、カラスはゆっくりと周りを旋回し始めた。

まるで、何かを待っているかのように。

「っ！　〝汝、シャルル＝オーロランドの名のもとに、いざ契約を果たさん〟」

シャルルの周りに魔法陣が広がり、それに呼応するかのようにヤタガラスの体が光り始める。

精霊であるヤタガラスは、そのまま光の粒子となり、シャルルの魔法陣へと吸い込まれた。

「ここに来て、新たな精霊と契約できたってわけね……でも、どうする気？」

少々驚きながらも、カグヤはそうつぶやく。

一度リルを戻してヤタガラスを顕現しようとすれば、クールタイムを挟まなければならない。

たとえ相手が怒りで荒れ狂う魔族であっても、そんな隙を逃してもらえるはずがない。

――今ここで、壁を越えるしかない……！

手を合わせたシャルルは、一瞬だけ、シルヴァの顔を思い浮かべる。

彼は、常にシャルルを信じている。それを想うだけで、シャルルの全身に不思議と力がみなぎった。

「〝主は来ませり、今こそ共に顕現せよ〟――〝ヤタガラス〟」

空中に広がった魔法陣から、ヤタガラスが飛び出していく。ヤタガラスは突進で魔族を跳ね飛ばすと、すぐにシャルルの隣に戻ってきた。

「ヤタガラス……あなたの力を見せて」

シャルルがそう言うと、ヤタガラスがひと鳴きする。すると魔族の体に、無数の炎が灯った。

ヤタガラスの契約者であるシャルルには、その炎がどういうものか、瞬時に情報が流れ込んでくる。

「そうか……この炎は、導きの光」

ヤタガラスは、人々を導く守り神。主を勝利へと導く、希望の光だ。

「行って、ヤーくん！」

魔力を纏ったヤタガラスが、魔族の胸に灯った導きの火を目掛けて突進する。

導きの火が灯った部分への攻撃は、回避不能。

「イ――――」

魔族の胸を、ヤタガラスの突進が真っ直ぐ射抜く。

体に大穴を開けられてしまった魔族は、そのまま声も出せずに地面に崩れ落ちた。

「……勝った」

そうつぶやいたシャルルは、地面に膝をつく。するとヤタガラスとリルの姿が、粒子となって消えてしまった。

「うっ……体が重い」

「契約したての精霊を、無理やり二重顕現するなんて無茶したんだもの。疲れて当然よ」

「確かに……」

強烈な倦怠感に襲われながらも、シャルルは笑みを浮かべた。

今の感覚をものにすれば、課題だった手数を補うことができる。それに、攻撃力もサポート力もあるヤタガラスが仲間に加わったことで、リルや他の精霊の力を底上げすることもできるようになった。この力は、実戦演習に向けてシャルルの大きな武器になることだろう。

「……一歩前進」

そうこぼして、シャルルは拳を強く握りしめた。

◇◆◇◆◇◆

魔族を倒したことで、村を囲んでいた蜘蛛の巣は完全に消失した。

避難した村人たちに連絡すると、間もなく彼らは村へと戻ってきた。

「本当に、なんとお礼を言ったらいいか……！」

村長が、シャルルに向かって頭を下げる。

「私が勝てたのは、村の守り神のおかげだから……」

照れ臭くなってしまったシャルルは、村長から少し目を逸らし、頬を掻いた。

「おお！　ヤタガラス様がお守りくださったのですか！　それはそれは」

村長は満面の笑みを浮かべ、再びシャルルに向かって深々と頭を下げる。

「我々の村を救ってくださり、本当にありがとうございました。おかげでまた、平穏な生活に戻れます」

村長のあとに続くように、村人たちが一斉に頭を下げる。

彼らの感謝を一身に受けたシャルルは、自身の胸の底から、何か熱い気持ちが湧き上がってくることに気づいた。


「お姉ちゃん！　ありがとー！」

シャルルたちが王都から迎えに来た馬車に乗ろうとすると、祠《ほこら》に隠れていた少年が二人に向かって叫んだ。

「お手柄だったわね、勇者サマ。初めての任務はどうだった？」

シャルルはそんな彼に手を振って、改めて馬車へと乗り込む。

カグヤはニヤニヤと笑いながら、シャルルにそう問いかけた。

「……まだまだって思った」

「あら、魔族を倒せたのに？」

「カグヤがいなければ、私はそもそも村にすら入れてない。私だけじゃ、あの人たちを救い出すことはできなかった……」

数多の感謝を受けて、シャルルは逆に現実を思い知った。今回は、様々な偶然によって生かされた。カグヤがいてくれたこと、そして、ヤタガラスが力を貸してくれたこと。シャルルひとりでこの任務に当たっていたら、きっと散々な結果になっていた。

「私……もっと強くなる。たとえひとりで戦うことになったとしても、あの人たちを守ってあげられるくらい」

「……そ。まあ、せいぜい頑張りなさい」

そう言って、カグヤは小さく笑う。

シャルルがレベル3の魔族にひと泡吹かせるのは、これから一週間後の出来事だった。

ゲーム知識《ちしき》で最強《さいきょう》に成《な》ったモブ兵《へい》士《し》は、真《しん》の実力《じつりょく》を隠《かく》したい

2024年7月31日　第1刷発行

著　者　岸本《きしもと》 和葉《かずは》

発行者　島野浩二

発行所　株式会社双葉社
〒162-8540　東京都新宿区東五軒町3番28号
［電話］03-5261-4818（営業）　03-5261-4851（編集）
http://www.futabasha.co.jp/（双葉社の書籍・コミック・ムックが買えます）

印刷・製本所　三晃印刷株式会社

［電話］03-5261-4822（製作部）
ISBN 978-4-575-24756-5 C0093